新潟県小千谷発

心ほっこりいい話

中越大震災から
東日本大震災に心を繋ぐ

藤田德英

風濤社

はじめに

八十歳を過ぎた母はテレビのニュースを見ていて、「近頃、良いことが無くて殺人だの詐欺だの悪いことばかりだね」とよく口にする。確かにそうかもしれないが、元来ニュースというものは〝猫が鼠《ねずみ》をとっても取り上げないが、鼠が猫を噛むと取り上げる〟という性質のものであるからしかたないとも思え、この傾向は以前からのもので悪いことが目立つのは「近頃」では無いのかもしれない。

筆者が暮らす新潟県小千谷市は人口四万に満たず（平成十六年の中越大震災前は四万二千人いた）、小千谷新聞は小千谷市だけをエリアとし毎週土曜日にB3判四ページを五千六百部発行、筆者は昭和五十五年からこの新聞発行に携わっている。日刊紙と自《おの》ずと使命が異なり、細かい網目の取材活動をしている。

学生時代、末松満教授（故人）から『広報倫理』の授業で、広報の四理念を教わった。戦後、ＧＨＱによって日本に導入されたＰＲ（パブリック・リレーションズ）を、本来の意味からすれば「広報広聴」と訳すべきだったが、「広報」と市民権を得てしまい、PRは一〇〇％真実であらねばならないのに、広告や宣伝と混在して捉えられるようになった。広報は真実性・相互性・人間性・公共性を備えていなければならない――と。ナチスが行なった宣伝「嘘でも百編言えば真実になる」を例に取りながら、広報と宣伝は相容れない、と特に強調されたのを三十年以上経った今も鮮明に記憶する。

勿論、報道する内容は一〇〇％真実であらねばならないし、公共性、相互性も重要であるが、郷土新聞発行を続けるうちに、我々が特に心を砕くべきは「人間性」ではないか、と思うようになった。ＰＲを直訳すれば「人間と人間の繋がり」と考えられなくはない。この世は人と人の関係の連続で成り立っている。小千谷新聞の使命は大上段に構えた物言いをすれば「小千谷市を良くするため」と筆者は考えており、それを心掛けているつもりである。

平成に入って数年を経た頃から紙面作りの中心を担うようになった。記者は筆者を含めて二、三人でしかないが、「人間性＝ヒューマン」を意識した紙面をつくろう、と呼びかけている。この考えを前面に押し出したのは、平成十六年十月二十三日の中越大震災であった。未曾有《みぞう》とも当時は痛感した被害を受け、小千谷を立ち直らせるには前向きな心と行動、と判断し、若い二人の記者に「しばらくは不平不満にまつわる記事はできるだけ取り上げないで、読者の心が温かくなり勇気がわくような紙面作りをしよう」と訴えた。この考えに異論を唱える人もいるかも知れないが、小千谷再生という観点では間違っていなかったと自負している。

郷土が生んだ先輩、比叡山の高僧・堀澤祖門先生（叡山学院院長）と親しくさせていただく幸運を得ている。先生は比叡山を開かれた伝教大師・最澄の説かれた「一隅を照らす」を実践され、著書にも記されている。先生はまた、「利他愛こそ世を救う」とも書かれている。

人間性を重視した紙面作りを心掛けていると「一隅を照らす」「利他愛」に通じる話題に出くわす。この著では筆者が昭和五十五年から取材し今も心に残っている話の中から集めた。今年二月末に思いついて取り掛かった途端に東日本大震災が起こった。小千谷市民の多くが「恩返し」を口にし行動した。ここに掲載した全ては小千谷新聞に掲載した記事を、書き改めたもの、もしくはその後のことも書き加えたものである。

自らは光を発する事は出来ないが、光を発した事例を紹介することはできる。筆を進めていて「人間は捨てたものでない」と思った。筆力不足により、筆者の感動をそのまま伝え切れていないかも知れないが、最後まで読んでいただければ光栄である。

（平成二十三年十二月記）

新潟県小千谷発
心ほっこりいい話
中越大震災から東日本大震災に心を繋ぐ

目次

〈中越大震災〉

〈闘牛会　禍を転じて福と為すの実践〉

新潟県小千谷発

心ほっこりいい話

中越大震災から東日本大震災に心を繋ぐ

雪道を歩き疲れた見知らぬ女子高校生を泊めてやる

昭和三十一年一月、文学好きの女子高校生が京都にいた。精神的に早熟だったその少女は、人生に悩み、一人旅に出てみることにした。行く先はなんの脈略もなく「雪国小千谷」が思い浮かんだ。以前読んだ童話の中に「雪深いまち」として書かれていた〝小千谷〟が何となく浮かんだのかも知れなかった。高校生になってから読んだ詩集『旅人かへらず』の作者・西脇順三郎の故郷であることも知っていた。

初めて小千谷駅に降り立ち、行くあてもなく雪道を物思いにふけりながら歩いた。地図もなく初めての田舎のまちを歩いているので、駅からどの方向に歩いたのかも、どうやって戻るかも分からなくなってしまっていた。雪国の日が暮れるのは早い。一月だと、午後四時頃になると薄暗くなり、薄暗くなったかと思うとすぐに暗闇となってしまう。

時間も忘れ雪道をただ歩いているうちに、周囲は暗闇に包まれてしまい、自暴自棄的な気持ちが無きにしも非ずだったさすがの精神的に早熟な文学少女も不安となった。不安の心は今まで気づかなかった疲労も認知させ、どうにも我慢できなくなってしまい、意を決し民家に助けを請うことにした。

灯《つ》りが点いている最初の家では断られてしまった。隣、と言っても田舎の隣は数十ｍも離れているが、二軒目の家では受け入れてくれた。若夫婦と二人の幼児の家庭だった。見たこともない女子高校生が、いきなりやって来て「すみません、泊めてください」と頼み込まれたほうもびっくり。見れば立っているのもやっとの様子で、長靴は履いているもののスカート姿で雪国の身支度をしておらず、明らかに〝旅の人〟（方言で「遠隔地のひと」の意）であるので、迷うより可哀想が先に立ち、中に招き入れて囲炉裏のそばで暖をとらせ、靴下など濡れたものを乾かすよう促した。長靴の中もびしょびしょに濡れていたので、古新聞を丸めて水分を吸い取ってから、ゴムがだめにならぬよう適度な距離を保った場所に置き、囲炉裏の熱で乾くようにした。

奥さんが「夕飯は？」と尋ねると、「食べました」。雪国の田舎の道沿いに食堂などはなく、本当は食べていなかったのだが、疲労困憊《ひろうこんぱい》で食欲がなかった。火燵《こたつ》に布団を敷いてやると、すぐに深い眠りについたようだった。若夫婦に一抹の不安がよぎった。自分で自分の命を絶つのでは、そんな雰囲気が感じ取られた。

だから翌朝、「おはようございます」と起きて来た時は正直、ホッとした。家族と一緒に朝食をとったが、女子高校生には熱々の味噌汁が雪国独特の香りを含んでいるように感じられた。京都に帰ると聞き、主人が西小千谷駅からが良いだろう、と途中まで送ってくれた。登校する子供達も大勢歩いていた。「中学生にではなく、小学生の後をついて行き、小学校に近づいたら誰かに〝西小千谷駅はどこ?〟と聞くと良い」と伝え、主人は戻っていった。

西小千谷駅に着くと次の列車まで一時間もあり、駅舎には客が誰もおらず駅員一人、待合室にはストーブがなかった。駅員は中で暖を取るよう勧めてくれた。西小千谷駅から汽車に乗り、その日の夜、無事京都の自宅に帰ることが出来た。親切に泊めてくれた家の名も住所も聞きそびれてしまったことを、後悔しながら自分探しの雪国への旅は終了した。

× ×

その後悔は消えることがなかったが、解決策を講じることなく時は流れた。人生への疑問も消える事はなかったが、それによって自らの命を絶つという道を選ばずにすんだ。

平成十一年意を決し、現在住んでいる千葉市から小千谷を訪ねてみた。遠い記憶を頼りに何とかなるのでは、と淡い期待を抱いていたが、まちの様相は一変していた。西小千谷駅も無くなっていた。どこをどう探していいのか分からず、西小千谷駅があった場所から数百mの市役所を訪ねてみた。冬の朝、泊めてもらった家からは歩いて一時間以内だったこと、その家の近くに閉校になった学校があったようなど漠然としたことしかない手掛かりを話してみた。アドバイスを受けて探してみたが、皆目見当がつかなかった。市役所職員の対応が親切であり、そのことによって心を極端に沈ませないで済んだ。

×　×

平成十六年十月二十三日、新潟県中越地震。因縁ある小千谷が大きな被害を受けたと聞き、あの親切に泊めてくれた夫婦、その家族はどうなったのだろう、と心配が膨らんだが、混乱直後に恩人探しは多くの人に迷惑をかけてしまうと考えて自重した。一年を経過して、被災地もかなり落ち着きを取り戻したのでは、と判断し行動に出た。

×　×

平成十七年十二月初旬、小千谷新聞社に一本の電話があった。事務員が最初応対し、筆者に回ってきた。千葉市に住む広瀬寿《ひさ》子さん、六十八歳、ときちんと氏名を名乗り、五十年程前、雪道を歩き疲れた京都の女子高校生だった見ず知らずの自分を、親切に泊めてくれた恩人を探して欲しい、という内容だった。

中越大地震直後から小千谷の市民性は各方面より評価を受けることが多かった。大きな被害を受け落ち込み、ややもすると挫《くじ》けそうになってしまう時、心を奮い立たせるのは「頑張れ」の声援もさることながら、それ以上に効果があるのは温かい思いやりであるし、もっと効果があるのは誉められることである。それも見え見えのお世辞では効果なく、本物の言葉を聞いた時、自分達をちゃんと見てくれているんだ、と心が震えるほど感動し、その評価を裏切ってはならない、とプラス作用を促進させるのである。

発災七日目の平成十六年十月二十九日、麻生太郎総務大臣（当時）が、視察に訪れた。約二千人が避難所としている小千谷市総合体育館を慰問、引き続き小千谷市役所四階会議室で小千谷市、川口町、山古志村の首長等関係者と情報交換した。麻生総務大臣は「市長、あんたの人柄か、ここは違うね」と切り出した。何を言い出すのかと思っていたら「普通、被災してから一週間もたつとイライラが生じ、私達政治家が見舞っても、被災者には何の利益もなく、ましてや大勢のマスコミが同行し、被災者には迷惑このうえなく、大抵私達政治家に文句や罵声が浴びせられ、時には詰め寄られたりする。神戸でもそうだったが、ここでは違った。逆に〝おつかれさんです〟などと御礼を言われ、こちらが感激してしまった。地域のコミュニティが出来上がっていると思った。明らかに多くの他地域とは違う」。

取材でその場にいた筆者はジーンとして、思わず落涙するところであった。関広一市長も嬉しかったのであろう、「ありがとうございます」と深々と頭を下げて礼を述べた。筆者はこの言葉こそ、市民をいたわり励ます何よりの言葉と感じ、紙面に載せた。忙殺されている時期で、テレビは全く見ていなかったので分からないが、新聞でこのことを紹介した社は無かったようだ。当事者でないとこの気持ちは分からないのであろう。関市長はその後、何回かこの時の麻生大臣の言葉を県外から来た人に語っていたし、佐藤知巳助役は「感激して涙が出そうになった」と後日、筆者に話してくれた。

閑話休題。広瀬さんの話を聞いていて、これは単に広瀬さんの要望に応えるだけでなく、震災復興に取組む市民への何よりの励ましとなると考え、平成十七年十二月十日号で、かなりのスペースを割いて「心あたりの人いませんか」と紹介した。

すると十二月十三日朝、「それは私です」と名乗る電話があった。現在、近年出来た新興団地に住む佐々木ハナさん（81）。昭和三十一年当時は、数百m郊外寄りの集落に家があり、小千谷駅からだと四km、西小千谷駅からだと二・五kmの場所であり、当時は途中人家のない区間がかなりあり、冬季間は無雪道路になっておらず車が通らなかったから、女子高校生が一人で歩くには寂し過ぎるくらいの所である。佐々木さん本人は新聞を読んでいなかったが、市内に嫁いだ当時六歳の長女が気づいて教えてくれ、読んでみると自分のことだったという。

筆者は勇んで佐々木さんの家に直行した。五十年も前のことなのに鮮明に覚えている様子で、女子高校生が突然「泊めて」とやって来て、すぐに深い眠りについたこと、翌朝のことなどを細かく教えてくれた。そして最後に「五十年前のことを覚えてくれていて嬉しい」と結んだ。

余談ではあるが、佐々木さんと話しているうちに、なんと筆者の同級生の母親であることが分かった。彼の生年月日は知らないが、筆者は昭和三十一年生まれ、そうすると広瀬さんを泊めてやった時、佐々木さんのお胎には彼が宿っていたのであろうか。

佐々木さんに「写真を撮らせて」と頼んだが「ダメ!」。そればかりか「名前も出すな!」。筆者は二男の名を出しながら、「何とかお願いします」と頼み込むも、答えは同じ。「佐々木さんの善行を書くことで、仮設住宅で暮らす人達に勇気を届けられる」と食い下がり、ようやく住所と名字と年齢は書いてよいことになった。写真は「絶対嫌だ!」と強く拒否、これ以上食い下がると折角譲歩してもらったことまで振り出しに戻りかねない雰囲気だったし、「大げさにしたくない」という考え方はいかにも小千谷人気質でもあるので、その心を大切にして退散した。広瀬さんに住所と電話番号を教えることの了解はすんなりくれた。社に戻り広瀬さんに電話を入れた。分かった経緯《いきさつ》と共に、佐々木さんの言葉を伝えると感激して筆者に感謝の意を表わした。〝こちらも記事にしたい〟旨、告げると快諾を得た。普通の主婦で無職と思ったが、一応職業を尋ねると「児童文学作家」とのこと。ペンネームを尋ねると「本名と同じ」。知らなかった。恥ずかしい、と思いながらも佐々木さんがあの夜抱いていた不安を伝えると「あの時、佐々木さん宅に泊めてもらわなかったら、今の自分は無いかもしれない。佐々木さんが抱いた一抹の不安も、佐々木さんの家に泊めてもらった晩は全く考えていなかったが、あの頃の自分に可能性が無かったとは言い切れない」と正直な女子高校生の気持ちを語ってくれた。そして、「小千谷に来て〝人は何のために生きているのか〟の疑問が解消された訳ではなかったが、親切にされたことで、少なくとも自ら命を絶つことはなかったのであろう。その気持ちをつきつめるために文筆活動の道を選んだ。結婚して授かった三人の子供、孫四人にも人間の普遍的疑問を語りかけている」という内容を語ってくれた。

日本児童文芸家協会の理事をしており、すぐに小千谷へは行けないが、早速手紙を書き近いうちに佐々木さんに直接会って礼を述べたい、と話したので、その時は筆者も同行させてもらい記事にさせてください、とお願いして電話を切った。

後日、市立図書館に行き、「広瀬寿子という作家を知っているか」と尋ねると女性司書が「児童文学では有名。市立図書館にも何冊かある」とのこと。インターネットで調べると児童書で賞も受けており、課題図書となっている著書もあり、その世界ではかなり高名な人であることが分かった。平成十七年十二月十七日号社説で一連の流れを「心温まる小千谷人気質」として紹介した。

× ×

広瀬さんから小千谷の地図を送って欲しい、との要請に応え市役所から手配、一連の報道記事を一緒に郵送した。するとすぐに礼状が届き、地図と小紙を隅々まで見ての感想などが記してあり、「子供は未来。児童文芸家協会から小千谷市立図書館に児童書三十冊程を送らせる」旨が添えてあった。一月下旬、市立図書館に三十三冊の新刊児童図書が到着。書籍に先がけて市立図書館にはがきが届き「五十年前、小千谷の方に大変お世話になり、その後も小千谷の方々の優しい心遣いに触れ有難く嬉しく思っている。お礼の気持ちに代えて児童図書を送る。小千谷の子供達が健やかに育ちますように。小千谷の一日も早い復興を祈っている」旨がしたためられていた。

広瀬さんは佐々木さんに電話を入れ、五十年前の礼を述べ「近いうちに伺いたい」と告げると、「こんな豪雪の時に来なくていい」との返事。佐々木さんのこの言葉は再び広瀬さんを感動させた。

そして平成十八年五月三十日、広瀬さんが佐々木さんを訪ねてきた。広瀬さんは約束どおり筆者に連絡をくれ、お陰で五十年ぶりの再会に立ち会い、詳細を大きく報道することが出来た。

佐々木さんの家で再会、広瀬さんは課題図書にもなった『そして、カエルはとぶ』を手渡しながら「親切にしていただきながら、名前も聞かずに帰り、ずっと心残りだった。あの時のことは時々夢で見た。元気でいてくれてよかった」。佐々木さんは「覚えていてくれ

かつて佐々木さん宅があった場所で。
左・広瀬さん、右・佐々木さん。

ただけで嬉しい。会えてよかった」と共に涙し、五十年前の冬の日のエピソードを語り合った。広瀬さんは鎌倉で生まれ京都で二十年過ごし、千葉に移って四十年、そして名前も聞かずに別れてしまった小千谷の恩人を思い続けて五十年、「小千谷は私にとって特別なふるさとという感じ。ずっと思い続けていた」。佐々木さんは「一回来ただけでずっと思ってくれてありがとう。縁があったということ」と語っていた。それから二人はかつて佐々木さんの家があった場所に行き、ここで筆者は写真を撮らせてもらい、写真と氏名掲載を再び頼み込んだ。最初は「嫌だ」と拒否の姿勢であったが、「こんないい話であるのだから、紹介させてほしい」と今度は絶対に了解を得る覚悟で交渉、広瀬さんがそばにいたからであろうか、何回か頼み込んでいるうちに

小千谷市立図書館の広瀬さんコーナーにて

OKを得ることが出来た。

余談ではあるが、かつての佐々木さん家跡には現小千谷市長の谷井靖夫さん宅がある。この人は新潟三洋の社長として赴任、小千谷人に接するうちに小千谷が気に入り、「終《つい》の棲家《すみか》はここ」と決めた。震災後の平成十八年十一月、市長に担ぎ出され、現在二期目である。

× ×

広瀬さんはその後、新刊を出すと「小千谷の子供の成長を願って」と市立図書館に届けてくれており、その都度記事とさせていただいている。平成二十年の第五十五回産経児童出版文化賞において『ぼくらは「コウモリ穴」をぬけて』で大賞を受賞、その時も記事として市民に伝えた。

(平成二十三年八月記)

規律違反で署長表彰

昭和五十八年六月下旬の午後六時半過ぎ、雨の中びしょ濡れの男性が、小千谷駅前交番を訪ねてきた。ちょうどこの時、交番には二十二歳のT巡査だけだった。

T巡査が事情を尋ねると、その男性は埼玉県大宮市（現さいたま市）のIさん(39)。長岡市に遊びに来ていて、帰ろうとして長岡駅で財布が無いことに気づいた。いつ落としたのか、はたまた掏《す》られたのかなど全く分らなかった。財布の中には帰りの切符も入っていた。

「まぁ、何とかなるさ」と大宮に向け歩き始めた。ところが何とかならなかった。親切なドライバーがいて「乗っていかないか」と誘ってくれるかも、と思っていたが、そんなドライバーは一人もいなかった。改めて痛感したことだが、人間の歩行速度はせいぜい時速五〜六km、遅々として進まぬ速度であった。体力には自信があったが、あにはからんや、すぐに足が痛くなってきた。靴が運動シューズでなく、日頃歩くトレーニングをしていないことなどによるのかも知れない。加えて途中から雨、それもかなりの雨脚で止みそうも無く、いくら日が長い季節とはいえ、空腹と疲労も限界に近く、夕方となり小千谷駅前まで来て遂にリタイア、交番を頼ってきたのだ。

警察ではこのような旅行者に対し、貸す現金限度額を千円と定めていた。T巡査は県内でもトップクラスの進学校を卒業、トップクラスの国立大学を受験するも失敗、浪人することなく東京新宿の盛り場でギターの流しを行ないながら、若さに任せ青春を謳歌《おうか》していたが、心配する両親の説得もあり帰郷、新潟県警に就職しこの年の春に警察学校を卒業、最初の勤務地がここ小千谷署駅前交番だった。

聞けばIさんの出身地は新潟県柏崎市、T巡査の実家と隣町。外見で人を判断することは良くないが、風体から怪しいものはなく、出身地も自分と近く、なによりも千円では大宮まで帰ることが出来ず空腹を満たすことも出来ず〝気の毒〟でならない。T巡査は警察の決まりでは千円しか貸してはいけないことになっていることを説明、あくまでも個人的に貸してやるのであり、他言無用、返却は自分のアパートに、と強く念を押し、財布の中にあったほぼ全額の八千円を渡した。

Iさんからすぐにも送金されて来ると思ったが、なかなか届かない。一週間経っても何の音沙汰もない。「騙《だま》されたな」と諦めかけていたころ、小千谷署の次長から「時間が空いたら署に来るように」と連絡が入った。何事か、と思い交番勤務終了時間を待って署に直行した。

署に着くと次長はすぐに署長室にT巡査を連れて行った。署長は応接用のイスに掛けるよう促した。T巡査の頭の中は一瞬、真っ白になった。緊張しながら、署長の次の言葉を待った。T巡査の前に一通の封筒が出され「読んでみよ」。恐る恐る手に取り読み始めると、そこには自分のことが書かれていた。Iさんからの手紙で丁寧な礼状だった。あれほど、他言無用、特に上司には内密にと言っておいたのに。規定違反を咎《とが》められることは必至と覚悟した。しかし署長の次の言葉は「良いことをしたね」だった。緊張は一気に緩んだ。

署長にIさんから八千円を添えた手紙が届いたのは、Iさんが駅前交番を訪ねてきた三日後、即ちIさんは帰宅した翌日に投函したことになる。署長は更に詳しく事情を聞くためにIさんに電話して直接聞いた。T巡査が規定では千円しか貸してはいけないことになっていることを話しながら八千円を貸してくれたこと、他言無用で直接返してくれと頼まれたこと、それ故にT巡査の行為が嬉しくて敢えて上司の署長に直接送ったことなどを話した。署長はT巡査の行為を高く評価、送られてきた八千円をすぐにはT巡査に返さず、この日、小千谷署長表彰をしたのだった。

（平成二十三年三月記）

天国の母から十年後に届いた手紙

小千谷市南部地区のA子さん（34）は、このあたりでは大きな病院グループの事務職員。ふだんから健康に関しては神経質過ぎるほど気を遣っていたし、それなりの知識を持っていた。昭和五十九年晩秋、左胸の少し上にシコリを自分で発見した。いつものA子さんならば、すぐに病院で診てもらうところであるが、今回はそうしなかった。否、そうできなかった、と言った方が正確かも知れない。専門知識があるだけに、この場所のシコリが何であるかは自分でも想像はついたから、恐怖心が先に立ち病院に行くのを躊躇《ちゅうちょ》したのである。

年末近く、自分の勤める病院で診察を受けると、悪い予感は的中、悪性腫瘍だった。その夜、夫A男（38）に「すいません。おっぱいを切除しなければならない」と打ち明けた。A男は「いいさ、子供も大きくなり、もうたいした用事も無いじゃないか。人格が変わるわけではなんだから、おっぱいの一つや二つ、早く取ってしまえ」と明るく、さもなんとも無いような反応を示してくれた。

二人には小学三年生男児の双子D君とY君がいた。夫婦は生まれた時からどちらが兄でどちらが弟かを区別しないで育てたつもりであったが、いつの間にかD君が兄、Y君が弟であることを自覚した言動をとるようになった。この二人にはA子さんの病気のことは詳しく知らせないで闘病生活に入った。切除手術を受けたが、次々と新たなシコリが発見され、合計三回にも及んだ。リンパ腺に転移、悪性リンパ腫と診断された。勿論、A子さんには本当の病名は知らせずに、医師はA男さんにのみ詳しく話していた。

ある日、病院から電話が自宅に入った。A子さんの様態が急変したのか、と胸騒ぎを覚えながらA男さんが電話口に出ると、「奥さんが急に寒がり、震えが止まらないので、温めるものを持って早く来て」との内容だった。急行してみると頭から布団をかぶり震えていた。A男さんはどうしてなのかよく分らなかったが、医師の力の及ばない原因なのかも、と感じ取り、毛布を掛け傍らで優しく見守ることにした。かなり時間が経ち震えも収まり落ち着きを取り戻したのか、トイレに立った。それでも口数が少なく、いつものA子さんではなかった。

A子さんが病室を出ると、同室の人が、「看護婦（当時は女性しかおらずそう呼んでいた）が来るまではいつものように過ごしていたが、A子さんをベットの上に起こす時、持ってきたカルテを布団の上に置いたまま作業、起こした後も他の作業を続けた。奥さんは目の前のカルテを食い入るように見入っていた。看護婦さんが病室を出て間もなく震え出した」と教えてくれた。

これで全て判明した。A子さんは看護婦の不用意な行動で自分のカルテで全てを知ったのだ。そのショックによる震えであり、無言となったのだ。トイレから帰って来ても口数はいつものように戻らなかった。しばらくしてA男さんは病院を後にしたが、その後、A男さんもA子さんもこの日のことを話題にすることはなかった。六月に放射線治療に移行するために、長岡市の大きな病院に転院することを告げられても何の抵抗もせず従い、その治療が体力的にかなりきつくとも、弱音や愚痴は一切吐かなかった。A男さんもそれを静かに見守っているだけだった。

詳しいことは何一つ教えてもらっていないD君とY君ではあったが、入退院を繰返すも一向に全快宣言しない大人たちの気配を敏感に感じ取っていた。祖母の言うことを以前よりよく聞く、ききわけの良い小学四年生になっていた。六月の運動会に合わせて日帰りの一時帰宅した時も、我儘《わがまま》を言うことなくA子さんにほどよく甘えていた。A子さんの顔には放射線を当てる場所が分かるよう青い線が書かれており、A男さんが「消したら」と言ったが、「病院が困るだろうから。私はこのままでいいよ」との返事。A男さんもそれ以上のことを言わなかった。完全に自分の病気を悟っている態度だった。

ちょうどその年につくば万博が開催されていた。A子さんはA男さんに子供達を万博に連れて行くよう頼んだ。自分が子供だった時、親に大阪万博に連れて行ってもらい感動し良き思い出となっているので、D君とY君にも是非にと思ったのだ。それに自分は入院してから楽しい思い出をつくってやれないので、せめて万博くらいは、との思いもあった。A男さんは母親としての思いやりが痛いほど分ったのですぐに承知した。また、病室のベットの上で調べたのであろうか、十年後に届けられる手紙を子供達に宛てて書くから、つくば万博会場の専用ポストに投函してくるよう依頼もされた。母親が同行しない旅行だったが、D君もY君もとても楽しそうだった。

八月のお盆、外泊が許され子供達も夏休みで、久々にAさん宅は明るく和《なご》やかな家庭的な雰囲気を取り戻した数日間であった。病院に戻る朝が来て、朝食後、A子さんの姿が見えない。A男さんは一階をくまなく探したが見当たらないので、二階の仏間を覗くと仏壇の前に泣き崩れているA子さんがいた。A男さんは足音を忍ばせて一階に引き返した。子供達は気づかずに遊んでいたが、A男さんは子供達に「しばらく二階に行くな」とだけ伝えた。近頃の二人はききわけが良く、これだけでなにかを察したのであろうか素直に従った。やがて階下に降りたA子さんは何もなかったように振舞っていた。子供達、A男さん

西脇順三郎 詩碑（偲ぶ会発行の絵はがき）

の母親等に見送られて、A男さんの運転する車で長岡市の病院へ向かった。

途中、実家に立寄るか、と聞いたが必要ないと言う。先ほど仏壇の前で泣き崩れる姿を見たせいであろうか、このまま病院に戻るのは何となく気が進まなかった。「じゃぁ、ちょっとオレにつきあえや」と山本山山頂に進路を向けた。ここには、今年昭和六十年六月八日に建立されたばかりの、西脇順三郎の詩碑があった。西脇は小千谷出身、言語学者・世界的詩人、名誉市民。最晩年に帰郷し昭和五十七年六月に小千谷総合病院で八十八歳の生涯を閉じた人物だ。A男さんは少し言い辛かったが、なるべく明るい調子で「一緒に写真でも撮るか」と言ってみた。A子さんも特別な感情を示さずに「いいよ」と応えた。詩碑前に並びツーショットの写真を自動シャッターで撮った。二人ともこれが最後のツーショット写真となることを予感しながら。A男さんはその場を去りがたかったが、A子さんが「もう疲れたから行こう」と促すので、それに従った。

A子さんの容態は日に日に悪くなっていくのが分かった。A男さんはD君とY君をできるだけA子さんの所へ連れて行くよう心掛けた。D君とY君が病室へ行くとその時だけA子さんは元気になるようだった。窓の外に見える鳩や雀など三人にとっては何でも楽しい話題になるようで、会話は弾み笑い声が個室に響いた。D君とY君は家で父親や祖母に見せるのとは明らかに違う甘える表情で、しかもそれは我儘を言って母親を困らせたり負担を掛けたりするものではなかった。A男さんは「このまま時間が止まってくれたならどんなにいいか」と思いながら、そっと病室を出て三人だけの時間と空間にするのだった。

周囲の願いむなしく、A子さんはその年の十一月に帰らぬ人となった。享年三十五。

D君とY君は双子だったのが良かったのか、ぐれることも大きな事件を起こすこともなく順調に成長した。祖母もA男さんも二人に寂しい思いをさせまいと懸命に頑張った。しかし、ある時こんなことがあった。

小学校も中学校も給食があったので助かったが、運動会や遠足、課外活動の時など弁当持参の日が年に数回あった。そんな時は祖母が大きなおにぎりを持たせていた。その日も祖母がおにぎりを作ったが、二人はなかなか出かけない。祖母が部屋を出てA男さんと三人になると、兄のD君が「父ちゃん、俺達も皆と同じように玉子焼きやウインナーが欲しい」と申し訳なさそうに話した。なんと可愛そうなことをしたのか。そうだったのか。A男さんは「あー、そうだったな、父ちゃん気がつかなかった。悪かった」と謝った。それからA男さんは給食が無く昼食持参の時は早起きして、玉子焼きやウインナーを二人に持たせるようにした。自分が子供の頃は海苔《のり》を巻いたおにぎりだけで最高のご馳走、祖母もそう思っていたに違いない。二人は学校でどんなに肩身のせまい思いをしたであろう。A子さんがいればそんなことは無かっただろうに、と二人を不憫《ふびん》に思った。

時は流れ、二人とも社会人となり、D君とY君は東京で専門学校に通っていた。平成七年のお盆が近づいた頃、D君からA男さんに電話があった。「母ちゃんから俺達に宛てた手紙届いたろぉ?」、「あぁ、仏壇に上げておいたぞ」、「お盆にY男と一緒に読むから」。A男さんは手紙が来ても二人には黙っていたが、ちゃんと覚えていたのである。A男さんにはこみ上げてくるものがあった。お盆が来て二人は帰省、読み終えるとD君が「親父、無くさないようにしまっておいて」と手紙を手渡した。読んでもいいよ、ということを照れくささを隠して言ったのだと分かった。読むと自分の病気のことも死期が近づいていることにも触れておらず、二人の将来を気遣う母親の気持ちがあっさりと綴られていた。

現在、Ｄ君は東京で就職、Ｙ君は新潟県内で働いている。Ａ男も六十代半ばとなったが、元気に働いている。年に何回か山本山山頂の西脇の詩碑前で思い出に浸っている。

（平成二十三年五月記）

二回行なった卒業式

平成十四年三月八日、五つの小千谷市立中学校で卒業式が挙行された。その一つ東小千谷中学校での出来事である。

その年の三年生百四人の中には二人の不登校の生徒がいた。三年生は不登校の二人とも一緒に卒業式に臨みたいと考え、それぞれのクラス代表がこの日の朝、二人の家を訪ねた。「一緒に卒業式に出よう」と誘ったが、残念ながら実現できなかった。代表の生徒達はなんとか説得したいと粘ったので、遅刻ぎりぎりで登校、卒業式に滑り込みセーフの状態だった。

卒業式は式次第どおり順調に進み、生徒会長の答辞となった。生徒会長は用意しておいた答辞を読み出したが、突然、手許の巻紙から目を離し、今朝のことを話し出した。

「友達の中にこの卒業式に出席できない二人がいる。今朝、手分けをして迎えに行ったところ、涙を流して喜んでくれたが、出席しよう、というところまでは心を動かすことができなかった。しかし、出席できなかったところで、私達の〝皆仲間〟と思う気持ちに変わりはない。在校生の皆さんも仲間を大切にして欲しい」

用意しておいた原稿でないので、スムーズではなかったが熱い思いが込められた言葉で、卒業生を筆頭に、在校生、父母、職員のみならず来賓席にも感涙の波は拡がった。

感動のうちに卒業式は終了し、在校生に見送られて卒業生は学び舎《や》を後にした。しかし、これで話は終わらなかった。

学校では出席できなかった二人の生徒の保護者に、全ての生徒が帰った時間帯に卒業証書を取りに来るよう伝えていたが、その時、二人の生徒も一緒に学校へ来ることになっていた。そのために、学校側は式典終了後も壇上はそのままにし、紅白の幕も片付けないで置いた。校長が壇上で他の卒業生と同じように卒業証書授与式を行なうことにしていた。

するとどうだろう。二人の生徒が学校に来たことをどこかで聞きつけた卒業生全員が学校に戻ってきた。既に片付けてあった自分達のイスを体育館に運び、二人のための卒業式が始まった。全員で君が代も校歌も斉唱した。勿論会場には在校生も、二人以外の保護者も、来賓もいなかったが、午前中の本番をはるかにしのぐ感動的な式となった。二人の保護者の類には滂沱《ぼうだ》の涙、先生方も涙、涙。

後でこの感動的なエピソードを学校便りに掲載しようとしたが、誰も細かい進行や発言を記録しておかなかったので苦労したという。

（平成二十三年四月記）

下座の行ない

世の為、人の為になることを行なった、と耳にすると、筆者達は、是非とも取材させていただきたい、と申し込む。書くことによって良い行ないや心が伝播して欲しいと願うからである。だから取材をすんなり受け入れて欲しいことは言うまでも無い。

ところが、頑としてこれを拒む人が小千谷市に存在する。時には叱られてしまうこともあった。筆者は若い頃、風の強い地形の場所にバス停の小屋（待合所）が出来たので、これを誰が建てたのか追跡調査すると、沢山の善行を行ないながらも記事にされるのを拒み続けているこの人だった。若気の至り、「良い行ないをさらに広めるために」との考えのもとに、かなり強硬に取材を申し込んで強い口調で叱られたことがある。

平成十七年八月に中越大地震体験記『挫けない！』（パロル舎）を出版、その時、この人のことを初めて実名で書いた。お叱りをうけるかも、と思っていたが何も言われなかった。地震の後の大混乱期に気が回らなかったのかも知れないし、あるいは地震で走り回った筆

ＪＲ小千谷駅前の地下道

者に免じて（独りよがりの気がするが……）許してくれたのかもしれないが、今回も勇気（?）を持って書く。

この人とは小千谷市で(魚)魚沼水産という鮮魚市場を営む田村晃さんである。老人福祉施設に定期的に食材を寄贈、孤児施設の入所者を片貝まつり花火桟敷に招待などは、筆者がこの職業に就いた昭和五十五年に既に行なっていたのではなかろうか。前述したように記事にしたことは一度も無いので、詳細は分からない。

建設省（当時）は小千谷駅前に当市特産の錦鯉をあしらった地下道を造ってくれた。しかし、あとあとのメンテナンスまで面倒見てくれること無く、いつかしらみすぼらしい姿になりペンキ塗り替えが必要になったが、行政はどこも動いてくれない。地元住民が困っていると、匿名を条件にこの費用を出したのはこの人だ。恐らく小千谷市民のほとんどが知らないことだろう。

また、『売れない歌手でよかった』（講談社）の感動的な内容の著書があるシンガー・ソングライター梅原司平さん、ソプラノ歌手・加来陽子さん、ボーカルの山本容子さんが小千谷市と因縁深い（母が小千谷市出身）レインブック、マリンバアンサンブルMAR《マール》などのコンサートを市内小中学校で開催する等、この種の実践は枚挙に遑《いとま》が無い。

小千谷市民が知らない善行はまだまだ沢山ある。陰徳を積む、を実践する人の代表的人物であろう。


（平成二十三年十二月記）

ある豪雪でのこと

小千谷は名だたる豪雪地である。一晩に一m積もることも珍しくない。昔は雪をひたすら受け入れ、耐え、春の雪融けを待つしかなかった。そんな風土・環境がもたらした代表的な文化・産業が小千谷縮であると思う。越後の麻織物は小千谷縮誕生以前から有名だった。湿気を含んだ雪、屋外では除雪作業の他にする仕事がほとんどなかったなどという様々な条件によって、器用さと根気の要る女衆の仕事として麻織物が産業となり、春先の晴れた日、雪晒《ゆきさら》しをすることで漂白、これが全国各地の麻織物の中でも一際重用される要因となった。筆者は古文書を全く読めないので、先哲の受け売りであるが、平安中期に編纂《へんさん》された『延喜式』の献納物の中に越後布が記されているとのこと。

江戸時代、明石次郎が緯《よこ》糸に強烈な撚《よ》りをかけて織り込む技術を考案、これが小千谷縮となった。小千谷の織物業者は明石次郎の遺徳を讃えるため、市街地の閑静な場所に明石堂を造り、祭祀を執り行なっている。

流通経済が発達し幹線道路が機械等できちんと除雪され、冬季間も自動車が往来するようになったのは昭和三十年代末頃からである。筆者は昭和三十一年生まれであるが、小学校低学年の頃、街のメインストリートは屋根雪の排雪場所となっており、時に屋根よりも高く積まれ、道の両側には雁木《がんぎ》（今風に言うならアーケード）が造られており、向こう側とはところどころトンネルを掘り人間が往来していた。

信濃川の水を利用しての流雪溝、井戸水を汲み上げての消雪パイプが除々に整備され、機械除雪も性能アップして行ったが、豪雪時、車が通れるのは幹線道路が中心だった。枝線にまで消雪パイプが普及したのは昭和五十七年以降である。きっかけは56豪雪（昭和五十五年暮れから五十六年初めにかけての冬）であった。既に車社会になっており、車無しでは成り立たない世の中になっていた。そこに記録的な豪雪が襲ったので、大混乱を招き人々は右往左往した。個人生活も豊かになっていたので、町内や地区単位でお金を出し合い井戸を掘り、消雪パイプを整備して行ったのである。

これらが整備される以前の人間の歩く道確保は、カンジキを履いての〝道つけ〟によっていた。順番や自分の担当区間が半ば暗黙のうちにきちんと決まっており、一人でも行なわない人がいると道路が寸断されてしまうので、責任感や連帯感が自然な形で育まれていくことになった。また、カンジキでつけた道は人間一人が歩く幅しかない。対向者が来た場合、どちらかが自分で脇に足で待避所を設け相手に道を譲るのである。譲られたほうは礼の言葉を述べながら足早に通り過ぎる。子供は大人のこれら一連のやりとりを間近に見ながら育つので、譲り合いの心、施しを受けた時自然な形で感謝の言葉を口に出来るようになる、と筆者は考えており、中越大震災の時にこのＤＮＡが覚醒され大勢の外部の方から賞讃されたのだと思っている。

最近、非常に気になっている言葉の一つに「雪掻き」がある。当地方でいかなる除雪作業のことをも、このような言葉で言い表す事は無かった。湿った重い雪が大量に降る状況下、「雪を掻く」程度の除雪が出来るはずがない。「雪掻き」は乾燥した雪が降る地方、少量の雪がたまにしか降らない地方の人達の表現方法であろう。近年、当地方の人達までこの言葉を使うようになってきており、苦々しく思っている。この一番の〝犯人〟はテレビやラジオ、東京紙などのマスコミでないかと筆者は考えている。転勤族の彼等が標準語であるこの言葉を、何の疑問も違和感も抱かずに使うものだから、この地方でも市民権を得てしまったのだ。もっとも、県都新潟市では少量の降雪でありこの言葉が適切なのかもしれないが、当市を初めとする豪雪地では断じてふさわしくない言葉で、以前は全く使われていなかった。

第一、屋根の「雪下ろし」でさえ、かつては「雪掘り」と言っていた。今のように高床でなく家周辺の雪処理も行なう術《すべ》がなかった頃、何回目かの作業では屋根は掘り出さなければならなかったのである。重みのある言葉であり、我々の生活を適確に表現している言葉である。このような言葉をいつまでも小千谷に残して行きたいと願っている。

閑話休題。雪が我々雪国にもたらしてくれた産物・恩恵は前述の小千谷縮を筆頭に数々あれど、そのなかでも人間性が一番だと思っている。筆者が携わり今も鮮明に残るエピソードを紹介しよう。

筆者が社会人となってすぐであるから、56豪雪だったと思う。三十世帯前後の小さな地区の中にTさんと言う一人暮らしの高齢者男性がいた。筆者が子供の頃、Tさんは母親と二人暮らし、定職は持っていなかったようであるが、資産はあり株をやっているとのことでいつもラジオで株動向を聞いていた。筆者が地区の班長となり、町内費等を集めに行くと、毎回「数軒回ってから来て」と言い、そのとおりにして再び訪ねるときちんと用意して手渡してくれた。だから、お金に不自由している様子はなかったが、生活ぶりは質素倹約を徹底していた。

豪雪となり、古く華奢《きゃしゃ》に見える家の屋根にはうず高く雪が積もり、誰が見ても「早く雪掘りしないと危ないぞ」という状況だった。地区のリーダーから「Tさん宅の雪掘りをするから出来る人は集合」の声がかかった。二十代前半の筆者もその一人となった。男衆が

七、八人集まり作業を始めると、Tさんが家から出てきて「頼みもしないのに、要らぬことをするな」の内容のことを抗議。リーダーが応対したものの、すぐには話がつかぬ気配だったので、我々はTさんにはかまわず作業を始めた。なおもTさんの抗議は続いたので、リーダーはかなり大きな声で「おめさん（方言＝あなた）の家だが、家が潰れれば、おめさんだけの問題でなくなる。俺達、上原（＝地区名）全体の問題となり、俺達が笑われらんだて（＝笑われてしまう）」と押さえつけるような言い方をしたので、さすがのTさんもそれで黙ってしまった。

「雪下ろし」ではなく本当に昔ながらの「雪掘り」であったが、大勢であったし平屋の小さな家だったので、作業はアッと言う間に終了した。我々は近くの居酒屋に行き軽く慰労会を行なった。ボランティア活動を行ない、自腹で慰労会。筆者は一番の若造だったが、とても清々《すがすが》しい気持に浸り「いい地区だなぁ」と感じ入った。

Tさんは後日、地区に対して飲み物を礼として届けた。本当は嬉しかったのであろう。自分は高齢で雪掘りができない。土地などそこそこの財産があり、生活保護を受ける環境にないが、業者などに依頼できるほどの財力もない、といった状況だったのではないかと推測している。

それにしてもリーダーがTさんに大声で発した言葉の内容は、この地方独特の考え方ではなかろうか。連帯意識、支え合いの心であり、「俺達が笑われてしまう」と地区の世間体を気にすることもさることながら、相手の心の負担を軽くしてやるような言い方が良い。雪国、農村社会の「村意識」は時に煩《わずら》わしく感ずることもあるが、他人に対する思いやりの心を育むし、自分勝手は許されない・悪いことをやってはならないなどの抑止力となることは間違いない。

（平成二十四年二月記）

冬季五輪連続出場　久保田三知男さん

小千谷市は河岸段丘のまちであり加えて豪雪地、昔の冬季間の子供達の遊びは屋外でのスキーが主流であった。筆者も小学校に入る前から人のお古をもらって遊んでいた。昭和三十年代の冬季間はまだ無雪道路になっていなかったので、自動車の心配は全く要らず、運動神経の発達した子供達は崖などの急斜面を利用してジャンプに興じていた。着地した地点には杉っ葉（方言＝杉の葉）を雪の上に刺して、その距離を競った。

筆者の家の近くにもその場所があった。筆者が何故か鮮明に記憶しているのは幼児期、七つ上の従姉が我が家に遊びに来て、筆者の父が造ったソリに筆者を入れて近くを散歩、途中で小学生男児が大勢でジャンプをしていたのを二人で眺めた思い出である。かなり高低差のある場所で、子供達は手造りジャンプ台で距離を競い合って遊んでいた。上から見ていると足がすくむような場所であるのに、少し年上のお兄さん達は全く怖がる気配が無く、その姿は幼い心に「かっこいいなぁ」という憧れに似た気持を抱かせた。

後年、この話を第十二回冬季五輪（昭和五十一年オーストリアインスブルック）・第十三回同（米国レークプラシッド）にスキー複合で二季連続出場を果たした久保田三知男さん（62）に話したら、「その中にきっと自分もいたと思う」と語っていた。本人が生まれ持った素質、努力、そして小千谷の地形や気候が冬季五輪二季連続出場という快挙をもたらしたのだと思う。

実家が筆者と同じ町内（小千谷市千谷川上原地区）、現役引退後、郷里に戻り小千谷市役所職員になったことなどにより、親しくさせていただいている。

久保田さんは決して自分を見失わないように律している。それは若い時からであるので驚きだ。大学を選ぶ時も、数ある誘いの中からスキーの名門でなく、一部昇格になっていない二部の亜細亜大学を選び、就職の時も北海道の企業ではあったものの、スキーで名を売っていた会社ではなかった。「一流選手の中では潰れてしまうのでは。自分の思う通りの練習が出来る場所を」の理由であった。

ナショナルチームに入り、身のこなしや器用さなどセンスの差を目の当たりにした後の行動がすごい。合同練習を終えて宿舎に戻ってから、そっと宿舎を抜け出し一人でプラスα《アルファー》の練習、それを毎日日記に記し、自分を鼓舞する材料とした。四年生になり単位をほとんど取り終えており、空いている時間を練習に回した。後輩から「先輩は頭がおかしくなったのでは」と言われるほどの練習量だった。その甲斐あって複合種目で国体優勝を初め各種大会で入賞を果たし、卒業時には大学学長表彰を受けた。

社会人一年目、プレ五輪出場のための予選会があった。ここで見事優勝、代表枠二人であったので、誰もが出場権を得たと判断した。自身もそう思い、取得していなかったパスポートの緊急申請を行なった。ところが久保田さんは選ばれなかった。一人は札幌五輪での実績があり順当と思われたが、もう一人はヘッドコーチの大学の後輩であり、部外者の多くの人も「おかしい」「予選会を行なう意味がない」と声を上げたが、いったん下した発表が覆《くつがえ》るはずが無かった。自身も納得いかない気持であったが、それでも切り替えて、次なる目標・北海道スキー選手権に向かった。調整も順調に進み、自分の中でも確かな手応えを感じていた。

現在のようにパスポートは短期間で発行されず、通常では一カ月程かかるので緊急申請としていたのであるが、代表を外れたことから通常申請に変更となった。

プレ五輪出場権を得ていた二番手の選手が、インカレスキー大会のジャンプ練習中に転倒して大怪我、急遽《きゅうきょ》、「プレ五輪行きの準備をするように」との連絡が入った。久保田さんは北海道スキー選手権を前日に控え小樽にいた。上部役員に言われるまま札幌に急行して、日本体育協会長名で緊急パスポート申請をしたが、「前申請がどこまで行っているのか分からない。パスポートは間に合わない」とのこと。慌てて小樽に戻ったが、既に複合前半の距離は終了していた。

上部団体上層部からの命により動いていたのに、それを知らない役員から「予選会に出ていないから、全日本選手権も国体も出場は出来ないぞ」というかなり厳しい言葉を投げつけられた。「これで今シーズンも終わりか」としょげ返っていると、それを見たマスコミが「今回出場出来なかったのは、あなたの責任ではない」と慰めてくれた。そして、北海タイムスが昭和五十年一月二十二日号で、『不運のエース〝プレ〟××の代打で道選手権に不参加　あげく旅券おりず』の見出しで長文の記事を載せた。この大々的な新聞報道により全日本スキー選手権、国体の両大会に推薦で出場できることになった。いずれも上位入賞を果たすことが出来たのである。

小千谷に戻ってきてからの久保田さんは、現役時代の輝かしい活躍にもかかわらず、威張ったり高慢になったりするところが少しも無く、謙虚そのものの人。これは筆者だけでなく大勢の一致する人物評だ。『実るほど頭をたれる稲穂かな』とはこういう人を言うのだと常々感じている。

（平成二十四年二月記）

中越大震災

いただいた命を人のために

平成十六年十月二十三日午後五時五十六分、小千谷市のMさん夫婦（共に五十代）は新潟市に住む孫（3）の誕生日祝いの帰りだった。長岡市から小千谷市に境界変更する直前のスノーシェッドを走行中、車が変な揺れ方をした。突然のことなので、何が何だか分らなかったが、強い横揺れの直後、雷のような轟音、目の前の道路が盛り上がり、思わず口に出たのが「ぶつかる！」。次の瞬間、車は瓦礫《がれき》の中で動けなくなっていた。

ボンネットの上には大量の落石があったものの、フロントガラスは割れる事は無かった。エンジンは停止して再始動しなかった。山側の助手席も、本来は対向車線があり広い空間がある運転席も落石で埋まり微動だもしなかった。不幸中の幸い、Mさん宅の車はかなり旧式の車種だったので、ドアのガラスを上下するのは手動だった。運転席後のドアのガラスを下ろし、そこから二人は這い出ることができた。もし、電動だったら窓ガラスを割るのに一苦労だっただろうし、そうこうするうちに余震がきてどうなっていたか分らなかっ

小千谷市三仏生から望む長岡市妙見の崩落現場

た。

外に逃れてびっくり、自分達が走っていた道路がはるか下の信濃川縁に落ちていた。シートベルトが当たっていた場所が痛かったので、駆けつけた救急車に乗って長岡市の病院へ行き、レントゲンを撮ったが異状なし、夫婦はそのまま自宅に戻ってきた。M子さんは市立保育園の園長であるので、すぐに市役所に直行、すると勤務する市街地の保育園は避難所の一つになっていることを知り、市役所から数百mの保育園でその晩から働き始めた。団体職員のM男さんも翌日から働いた。Mさん夫婦が九死に一生を得た日から四日目の二十七日、その現場から二歳男児が無事救出され、その模様がテレビで全国放映され、一躍有名となった。崩れた現場は長岡市妙見地内、報道したカメラはみな対岸の小千谷市三仏生《さんぶしょう》地内に三脚を立てた。男児の母親と姉は残念ながら、遺体で発見されたが、男児が生きて救出されたことは奇跡的なことであり、大きく報道されると共に、被災地にとっても希望を与えるニュースとなった。

小紙にMさん夫婦の情報が届いたのは一週間以上経ってからであった。M子さんとは以前から顔見知りだったので、すぐにその保育園に取材に行った。そこに避難していた人達には別の大きな避難所に移ってもらい、既に保育園が再開していた。その時の状況を詳しく聞き、Mさん夫婦の車は男児等の車のすぐ後ろを走っていたらしいことなどが分った。M子さんと色々話すうちに「運が良かった。今ここにいるのが不思議なくらい。助かった命であるので、出来る限り皆さんの役に立ちたい」の言葉を聞くことができた。この瞬間、ジーンと感動して思わず落涙しそうになった。と同時にこのようなコメントこそ、紙面で紹介して読者に広く知らしめたい、と強く思い、「夜、自宅に電話してM男さんのコメントを取り、写真のことを相談したい」と告げ、その場を辞した。

夕方M子さんの方から電話が掛かってきて、M男さんが記事にしないでくれ、とのこと。自分達のすぐ前を走っていたと思われる車の男児は、奇跡的に救出されたが、その母と姉は犠牲となったのだから、命拾いをした自分達のことが書かれるのはその人達や関係者に申し訳ないし、自分の心が許さない――というのが理由だった。もっともなことだと思ったが、それでも筆者はどうしても記事にしたかったので、M男さんに電話口に出てもらい「未曾有の被害を受け沈み込んでいる市民に明るい話題を届けるような紙面づくりを心掛けている。あなた達の奇跡は市民に勇気を与えることだと思う」となんとか書かせてもらいたい旨を伝えた。M子さんの「いただいた命だから人のために」ということは、「恥ずかしいからそんなことは書かないで」と言われるかも知れないと思い敢えて伏せた。こちらの考えをきちんと伝え「氏名は載せない、職業も具体的にはしない、写真は崩落現場のものを使う」ということで了解を得た。

平成十六年十一月六日号にM男さんの「亡くなられた方の思うと実名は出したくない。亡くなられた方のご冥福を祈ります」と、前述のM子さんのコメントを添えた記事として掲載した。

（平成二十三年五月記）

特別に追加入試　しかも授業料免除

Y子さんは地元の高校に通う三年生であった。その日その時、公務員の母だけが勤務でまだ帰宅しておらず、父と祖父母、兄、姉、弟と自分の七人が自宅にいた。自宅は地元では西山山系と呼ばれる稜線《りょうせん》の麓《ふもと》、市街地から約三km、兼業農家が多い一帯に位置している。

Y子さんの家は瓦屋根の比較的大きな家で、昭和五十五年に建てられ、当時の市税務課職員が「今年、家屋評価した中で一番豪華な家」とささやき合うような家だった。日本海側では湿った雪が降り、豪雪地のこの地方では屋根雪の重量が一㎡当たり三mの積雪で約一tと言われており、大抵の家の屋根はトタン葺きで、お金をかけた豪華な家が瓦葺き屋根の傾向があった。

中越大地震の時、西山山系に沿った集落の被害が大きかったのであるが、Y子さんの家もその中にあり、震度6強の大きな揺れが立て続けにきて倒壊してしまった。その時、姉だけが外出の準備で二階の自室におり、六人は台所で夕食を摂っていた。最初、下から突き上げられるような縦揺れ、すぐさま縦とも横ともつかぬようなすさまじい表現のしようのないものであったが、弟だけ素早く外に逃れ近所に助けを求めに走った。Y子さんと兄も外へ出ようとしたが、途中で家が崩れ落ちてきて身動きできなくなった。その後に続いた祖母も下敷きとなった。台所から逃げ遅れ閉じ込められた父と祖父は、高床式の床下に通じる階段から外へ逃れることができた。姉は二階の自室に閉じ込められた。

弟が助けに走ったので、近所の人がすぐに一一九番通報してくれ、市内ではY子さんの家への救助が一番最初だった。駆けつけた消防隊員は屋根をぶち破りまず姉を救助、幸い姉は大きな怪我をしていなかった。Y子さんと兄は近くで身動きできなくなっていたので、互いに声を掛け合い励ました。ガスが漏れて臭いがしたので、消防隊員は器具を思うように使えず救助は難渋した。加えてテレビ局のヘリコプターが取材に駆けつけ、その音で隊員や近所の人達の声がかき消され、救助は一層手間取った。後日、近所の住人から小紙に「災害時の報道ヘリは一定の規制が必要」との怒りの抗議があった。小紙には関係ないことで、本来は大手マスコミに抗議すべきことであるが、小紙から情報として発信せよ、と受け止めた。

Y子さんと兄が救出されたのは四時間も経った頃だった。七十七歳の祖母はなかなか見つからず、さらに数時間後にようやく発見されたが、既に息がなかった。消防隊員の話では「おそらく即死だっただろう」とのこと。Y子さんは足を骨折、兄はクラッシュ症候群で足が全く動かなくなっており、数ヶ月間の入院を余儀なくされることになった。

Y子さんは保育士になることが小さい時からの夢であった。母の妹に当たる叔母が市立保育園の保育士であったことも多少影響していたのかもしれないが、なにより子供が好きで子供の笑顔に接するのが大好きな自分の性格を自分なりに判断して、高校二年生の時、目指すべき進路を決定していた。三年生の夏休みには母と二人で、東京のど真ん中にある大学のオープンキャンパスに参加してきた。模擬授業を受け、学校から少し離れた寮に母と泊まり、その学校の方針、環境など全てをすこぶる気に入っていた。幸いにして自分の学力からして、その学校なら十分に合格圏内にあると思っていた。

なのに突然の大地震で入院が必要な大怪我、手術を終えまだ入院中に十一月上旬の入学試験は終了した。祖母は即死、兄はまだ足が思うように動かない状況で、家中が悲しみに包まれている中、Y子さんは今年の進学をあきらめ来年受けることにしようと自分に言い聞かせていた。

市職員の母はあの日も勤務中で、地震発生直後も施設利用者の避難誘導、その後も避難所で被災者の世話に当たっており、病院にもめったに顔をだせない状況で、代わりに自営業の父が頻繁に顔を見せてくれ、手術の付き添いもしてくれた。

今年の進学は完全にあきらめていた頃、ベッドの脇で父が「受験はどうする？　受けなくともいいのかい？」と優しく問いかけてきた。「うん。しかたないよ。試験日はとっくに過ぎてるもん」、「でも、この大地震だもの、大学だって配慮してくれるんじゃないのかい。Y子の本当の気持ちはどうなんだい。もし、進学したいんだったらお父さんが学校に頼んでみるよ」と優しく語りかけた。

Y子さんも本当は、自分は予定通り進学したいと思っていたが、怪我をして入院したのでもうあきらめていた。来年受けさせてほしいと思っている旨を告げた。

お父さんが高校に話すと担任は素早く対応、大学は特例扱いで退院後試験をしてくれることになった。退院してすぐ、Y子さんは松葉杖をついてお父さんの車に乗り上京、自分一人だけの追加試験に臨んだ。結局、受験したのは第一志望のこの学校だけで、滑り止めの学校は受験しなかったので、合格しなければ一年間浪人することになる。

祖母と兄を除いた家族全員で避難している中越地区最大の避難所・市総合体育館に帰り数日後、「合格」の知らせが届いた。久々に家中が明るく盛り上がった。しかも、大学から入学金も一年間の授業料も被災地免除する、との朗報も一緒に届けられた。後で高校から聞くところによると、このように「被災地免除」を設けた大学はかなりあったとのこと。日本中が中越大震災の被災地を応援してくれていることを知った。

Y子さんは三年間の学生生活を無事終え、長岡市の私立保育園の先生として充実した日々を送っている。

（平成二十三年二月記）

被災地に勇気与えた中学駅伝チーム

小千谷市立南中学校は市内五つの中学校の内、一番豪雪地にある。そのせいであろうか、スキー距離競技と駅伝が伝統的に強い。震災後に行なわれた県駅伝大会で、南中女子が優勝し全国大会に出場、うちひしがれていた市民に勇気と感動を与える活躍となった。

当初、新潟県駅伝大会は十一月五日に刈羽村で開催予定であったが、震災の影響で中止。その代替《だいたい》として十一月二十日、新潟市で全国大会新潟県予選会が行なわれた。区間記録も途中経過の計測も一切無く、全国大会出場校を決めるためだけの大会として開かれた。

あまり上品な言葉ではないが、〝火事場の馬鹿力〟とはよく言ったもの。震災直後は自宅にいることが出来ずに、学校や住民センターなどの公共施設で避難所生活を余儀なくされ、学校が再開されたのが発災二週間経った月曜日の十一月八日から。給食が始まったのはそれからしばらくしてからで、とてもクラブ活動どころではなかったが、南中生徒達は発災直後から自主的に練習を継続していた。

南中校区は中山間地を抱え、市内五中学校の中では一番中心市街地から離れており、校区の面積は最も広く、にも拘わらず生徒数は全校で百三十一人と一番少なかった。発災三日目頃から、生徒は地域ごとに誰に言われるともなく自主練習を始めていた。父母の中には「お前達、何もこんな非常時に駅伝の練習などしなくても」と子供達に苦言を呈した人もいたほどだった。学校再開後も帰宅時間が遅くなっては不安との配慮で、当初はクラブ活動無し、しばらくして始まったものの一時間限定という状態だった。こうした緊急事態の中の練習はかえって気合が入り、生徒の気持ちを一つにし、大勢の気持ちが一つになると思いがけない力を引き出す。女子は優勝し全国大会出場権を得た。男子は出場権こそ獲得できなかったが、三位と健闘した。

女子優勝、全国大会出場権獲得の報は市民全体を明るくしたが、選手の保護者を中心に次なる悩みを与えた。全国大会は十二月十九日に千葉市で開催されるが、その遠征費用の捻出をしなければならなかった。校区内にはまだ水道が復旧していない地区もあり、校区内で募金活動を出来る状況になかった。

県内紙がこの窮状を紙面で報じると県内各地から続々と寄付金が届いた。中でも関係者を感動させたのは、佐渡佐和田中学校の駅伝選手保護者から「ただ今、募金活動中。もう少し待って」の連絡が届いたことだった。佐和田中の女子は優勝候補筆頭だったが、小千谷南中に敗れて二位、当初から自分等の子供のために募金活動をするつもりだった。それを南中のために切り替えて実施、届けてくれるというのだ。南中選手保護者は感激すると共に発奮、「自分達がなにもしないわけにはいかない」と、十二月一日に緊急会議を開き、募金活動することを決定し翌二日から動き出した。

筆者は平成十七年八月出版の『挫けない！』（パロル舎）の中で「世の中に必要でない仕事や会社はない。必要でないなら淘汰《とうた》されているはず。家族に死亡や大けがを負った人がいれば別だが、そうでなかったらまず職場に駆けつけて、再開に向けた作業に取り組むべき。それが地域の復旧・復興につながることであり、社会人としての第一歩。何よりも自身及び家族の生きる糧《かて》確保にもなるのだから」の内容を記した。

南中の駅伝大会を控えた生徒は、被災に遭った時、自分達の本来やるべきことを行なったのだと思う。その結果、被災して間もない小千谷市民に勇気を与え、各地の大勢から寄付金を集めた。それは大勢に善行を促し、その機会を与えたということになった。極めつけは優勝間違いなし、と目されていた佐和田中保護者の行為であり、それに触発されて被災者でありながら動き出した南中保護者、その要請に応えた市民であった。このように南中駅伝大会出場生徒とそれを支えた人達は、大勢の善行を引き出した〝頑張り〟と言えよう。

大会は十二月十九日、千葉市で開催されたが、前日の開会式では挨拶にたった来賓全員が、被災しながらも県代表となった南中の健闘を称え、エールを送った。本番当日の入場行進でも大勢から「新潟頑張れ！」と声を掛けられた。前日の開会式の模様は地元テレビがニュースの中で放映したので、競技中の沿道から「小千谷頑張れ！」「新潟頑張れ！」と声援が飛んだ。順位は二十七位と健闘した。

（平成二十三年六月記）

杉並区からの支援

震災を経験して友人の大切さを痛感した。小千谷市にとって第一に挙げるべき友人は杉並区であろう。当市は昭和三十二年、杉並区井草に「小千谷学生寮」を建てた。当時の位下松五郎市長が、自分が小学校しか出ておらずこれからは教育が大切、小千谷の師弟教育の重要性を唱え、大学に通う人達を応援するために学生寮を造った。それを後年の人達は地域間交流のきっかけにしたいと考えた。

日本全体が少子社会に移行して人口増が望めない状況下、地方都市が生き残るためには交流人口増を図るしかなく、都会との交流は地方都市の喫緊《きっきん》の課題と言っていいだろう。学生寮のある杉並区に着目した有志は、伝手《つて》を頼って杉並区のイベントに小千谷市物産展参加にこぎつけ、それを市が引き取る形で行政同士の交流となった。

平成十六年五月、市制施行五十周年式典に杉並区長を来賓として招き、席上、防災協定を結んだ。取材していた筆者もそうだったが、市長を初めとする大方の市民は、当時既に

杉並区からの支援

話題になっていた。"首都直下型地震時には、食料を初め田舎の地方都市が出来る事は行ないますよ。だから、平常時は地域間交流による交流人口増で当市を助けて"くらいの気持ちだったと思う。

ところが、その五ヶ月後の十月二十三日、中越大震災。最初に災害に遭遇したのは当市の方だった。その日は土曜日、杉並区の小千谷学生寮敷地内で当市の物産販売「小千谷フェア」の第一日目を終え、後片付けをしている時、グラグラと感じた。ホテルのテレビで「震源地は新潟県小千谷市」（最初の報道はそうだった）と知る。市農林課職員等はすぐに戻ることをも考えたが、関越自動車道も通行止めと知り、夜明けを待つことにした。こうするうちに杉並区から連絡があり、杉並区と小千谷市の数台の車に救援物資を満載して一緒に行こう、ということになった。だから、二十四日の午後には杉並区から大量の支援物資が届けられた。

杉並区、同区議会、区職員、杉並区の児童が街頭募金を行なっての義援金など杉並区関連の義援金と見舞金の総額は五千万円を超えた。長期間にわたる職員派遣、杉並区商店街の福引賞品に当市物産、各種イベントに当市物産販売の誘いなど物心両面にわたる筆舌に尽くし難き支援を得た。

平成十七年三月の定例区議会初日、開会前の時間帯に関広一小千谷市長が招かれて話す機会を与えられた。市長は多大な支援に感謝を述べるはずであったが、涙があふれ出て言葉が出てこなかった。議場に居合わせた議員、幹部職員の多くももらい泣き、このことを通し小千谷市と杉並区の友好関係は一層深まった。

（平成二十三年六月記）

浦安市でのこと

杉並区の他にも多くの自治体が支援してくれた。その一つに千葉県浦安市がある。平成十六年十月二十三日発災して、一番最初に駆けつけてくれた首長が浦安市長だった。長期間にわたって職員も派遣してくれた。

真の震災復興は経済活動が伴っていてしかるべき、との考えは大勢の一致する意見であろう。その考えに基づいてと思われるが、平成二十一年十月中旬の第十二回浦安市民まつりに、小千谷物産の展示販売をしないか、と声が掛かった。浦安市は言わずと知れたディズニーランドのまち。全国から「交流したい」と申し込みがあまたあり断るのが大変らしい。それを浦安市長から職員に「小千谷市に参加を打診せよ」と命が下り、担当職員もびっくり。

当日、いくつかの自治体が参加していた中、谷井靖夫小千谷市長のみが壇上で挨拶する機会を与えられた。その時の市長は震災時の人ではなく、平成十八年十一月に就任した人であったが、「中越大震災時、いち早く駆けつけてくれたのが浦安市長。職員を長期間にわたって派遣。今、またこうしてイベントに誘っていただき感謝」という内容を語った。すると、浦安市の担当課長が小千谷市農林課長に「このような場合、どこの首長も〝私達のまちにはこんな自然・温泉・リゾート施設があります。だから遊びに来て下さい〟的なことや、特産品のＰＲを行なうものだが、おたくの市長はそれらを一切語らず、支援に対するお礼の言葉しか述べなかった。こんな首長は初めて。感動した」と語った。

（平成二十三年四月記）

浦安市に恩返し

小千谷市は中越大震災で体験したことを、次の万が一に生かそうと平成十七年十月、「中越大震災ネットワークおぢや」を設立した。震災時から多大な支援をしてくれた静岡県にある富士常葉大学の教授等の指導を受けての設立で、事務局も小千谷市と同大学の両方に置き、当市が震災直後に苦労した罹災証明発行に伴う家屋被害判定調査の手順等のノウハウを学ぶ研修会を毎年のように開催、参加自治体に喜ばれている。

勿論、研修会に参加したからといってすぐに活用できるわけがない。第一、どこの自治体もそうであろうが、一つのポジションに同一職員が留まっている事はなく、数年で他の部署に移動してしまう。その研修会で「震災直後の混乱期にこんなにも煩《わずら》わしい作業をやらねばならない」ということを認識すれば良いのである。そして研修でこのネットワークに所属していれば、万が一の時〝仲間〟が応援に駆けつけてくれることになっている、ということを確信できるのである。小千谷市職員は能登半島沖地震（H19・3・25）、中越沖地震（H19・7・16）、岩手宮城内陸地震（H20・6・14）でも富士常葉大学の教授らと被災地に駆けつけ、これらの情報を伝え、望まれればノウハウを伝授し喜ばれ、その都度会員は多くなっている。この原稿を起こしている平成二十三年四月現在、約六十自治体が加入している。

浦安市は中越大震災で当市に力を貸してくれた関係で、設立会員である。平成二十三年三月十一日の東日本大震災で、同市も液状化現象により大きな被害を受けたので、このネットワークが会員援助に向かった事は言うまでも無い。そして、福島の原発事故、一時期、関東の上水も汚染され、乳幼児の摂取が危険視された。二十四日午前、浦安市から幼児のための飲料水が欲しいとSOSが入った。

小千谷市ガス水道局は給水タンクに二ｔの水とペットボトル水二ℓ八百本を用意、若い男性職員（23）と二人の運転手を午後二時に出発させた。午後七時過ぎ、浦安市に到着して水を引き渡した。作業を終えると、浦安市職員が「お茶でも」と勧めたが、小千谷市の若い職員は〝この非常時の忙しい最中に楽々お茶など頂くわけにはいかない〟と判断、「お忙しいでしょうから」と断り帰路に着いた。

この行動が浦安市職員を「流石、小千谷市は中越地震を経験しているだけに、現場の状況を思いやることが出来る」と感動させた。職員の間で話題となり、浦安市長の耳に届いた。すぐに浦安市長から小千谷市長に電話が入り、水の礼と共にこの職員のことを話題にしながら「小千谷市職員の意識の高さに感心した。浦安市職員間で話題になっている。震災ネットワークおぢやの会員で良かった」と丁寧に謝意が伝えられた。

（平成二十三年四月記）

川崎の定時制同級会支援のために小千谷に変更

川崎市にある神奈川県立向の岡工業高校定時制機械科第五回卒業生の同級会が、平成十七年四月九、十の両日、小千谷市のホテルで開催された。小千谷市池ケ原の岩田貞雄さん（54）がメンバーであることからの計らいであった。

機械科五回卒であることから「五機会」と名付けられ、メンバーは二十三人。担任だった小堀豊一さん（67）も加わり、卒業以来一回も休むことなく幹事持ち回りで毎年開催されている。

前年十月二十三日の地震発生直後から、心配した小堀さんや仲間は岩田さんに電話をかけるもなかなか通じず、心配は一層増幅された。一週間後にようやく連絡がとれ、本人も家族も無事であることを確認したが、自宅が大規模半壊であることを聞き、小堀さんの発案で見舞金を集め、十二月に小堀さんと代表二人が岩田さん宅に届けに来た。郵送しても良かったが、岩田さんに会って励ましや労わりの言葉をかけたかったのだという。

そして平成十七年の同級会幹事は当初、長野県在住者だったが、急遽《きゅうきょ》岩田さんに変更した。幹事になった人は毎回、自分の在住地近くの温泉や観光地で開催するのが通例であったが、今回は「小千谷で開催するように」との注文がつけられた。震災直後、遠隔地での開催ならば岩田さんが出席出来ないのでは、という心配と、岩田さんの地元小千谷の復興支援に少しでも役立ちたいとの配慮からである。

この年の参加者は八人とやや少なかったが、東京、神奈川、宮城、福島、長野などから駆けつけ楽しく語らい、二日目は修復なった岩田さんの家を全員で訪れ、小紙発行の地震写真集を見て、大きな被害に改めて驚いていた。岩田さんは「まとまりの良い同級会で、今回は仲間の温かさをしみじみと感じた」と筆者の取材に語っていた。

(平成二十三年十一月記)

携帯カイロで心もホッカホカ

震災一周年の平成十七年十月二十三日、震災直後の最大時三千人の被災者を収容した小千谷市総合体育館で、様々な復興祈念イベントが執り行われた。その一つに陸上自衛隊東部方面音楽隊による演奏会が、メインアリーナで開催された。

その日の朝、越後三山には初冠雪が認められ、かなり冷え込んでいた。関東からやって来た音楽隊員も寒さに驚くと同時に、手がかじかみ演奏に影響すると思った二人の女性隊員が、総合体育館近くのスーパーマーケットで、携帯カイロを求めようと店員に尋ねていた。生憎このスーパーではまだ品揃えしていなかった。たまたまこの会話を傍らで聞いていた近所に住む大嶋久子さん（当時58）は、自宅に走り携帯カイロ十個程を持って戻ってきたが、二人の女性隊員の姿はなかった。店内に制服を着た男性隊員がいたので、先ほどの話の大筋を語りその二人の女性隊員に渡して欲しい、と託した。

大嶋さんがそのままスーパーで買い物をしていると、先ほどの女性隊員が大嶋さんに礼を述べるためにやって来た。住所・氏名を聞かせてくれとのことだったが、「お世話になった小千谷市民として当然のことをしたまで」と最初は断った。しかし、二人は「どうしても」と譲らず、周囲に大勢のお客さんもいたことから、それ以上の押し問答は非常識になると思い教えた。女性隊員とのひょんな縁を得たことで、自衛隊の復興祈念演奏会を是非聞きたいと思ったが、午後から先約が入っていたので、残念ながら断念せざるを得なかった。

それから三日後の二十六日、なにやら包みが大嶋さんの自宅に届いた。開けてみると先日の自衛隊員からで、自衛隊の焼印が押してあるオリジナルまんじゅう二箱、自衛隊の活動記録が収められたＤＶＤなどが入っていた。大嶋さんを最も感動させたのは、添えられた手紙だった。「いただいたカイロは今まで使ったどのカイロよりもあたたかく、身はもとより心もポカポカになりました。音楽隊の隊員も寒さで凍える指をあたためる事が出来、感謝しております。この気持を忘れることなく、自分も心がポカポカする人になれるよう過ごして行きたいと思います」の要旨が綴られていた。

大嶋さんは早速礼状をしたためたが、このポカポカする気持を分かち合いたいと、大嶋さんが指導者を務めるレクダンスグループ「舞夢」の仲間にオリジナルまんじゅう一箱を持参、事の経緯を話すと、発災直後から長期間にわたり、またその年の冬は十九年振りの豪雪で、仮設住宅の除雪・排雪に駆けつけてくれるなど、自衛隊には言葉で言い尽くせない絶大な支援を受けていただけに、そこにいた女性達は「あんた、いいことをしてくれたね」「私達も同じくらい嬉しいよ」とポカポカの心はみんなに広がった。取材していた筆者の心もポッカポカ。

（平成二十三年十一月記）

神戸市消防士の長期支援

中越大震災では大勢のボランティアが駆けつけて支援してくれた。全てのボランティアに心から感謝申し上げたい。中でも心に残る一人に神戸市消防局の藪内生也さんがいる。阪神淡路大震災の時、比較的被害の軽い地区に勤務、しかし業務命令により勤務地を離れることが出来ず、消防署員でありながら本当に困っている人達を助けることができなかった、と忸怩《じくじ》たる思いが残った。もし万が一、次の災害が起こったなら今度こそ悔いのない行動を起こそうと決意していた。そんな時、中越大震災が発生。四十一歳だった藪内さんは迷わず休暇を取り、夜勤明けの朝からバイクを走らせ十月二十五日朝、小千谷市に到着した。

バイクを選んだ点でも意識の高さが窺《うかが》われる。持参した寝袋を使って自己完結型のボランティア活動を展開し始めた。救援物資の受け入れ作業を小千谷市役所で手伝ったが、膨大な物資が届くようになると現場は混乱、すると「勝手にやりますよー」と声を掛け、食料・ミルク・衣類などの仕分け作業の指揮を執った。また、情報が混線している現場状況を目の当たりにし、仕事で駆けつけている神戸市職員を見つけると、阪神淡路大震災で身につけているノウハウを、小千谷市職員に伝授するようつなぎ役も果たした。この時は十月三十一日まで滞在したが、その後も小千谷通いは継続した。

それでも仕事をそうそう休むわけにはいかず、神戸にいながらにして支援する方法はないものか、と思案している十二月、小千谷市の四十代半ばの男性から藪内さんに「小千谷がお世話になった」との趣旨でお礼として小千谷の地酒が送られてきた。二人はそれまで二言三言声を掛け合っただけであったが、この男性は「被災地小千谷の本当の気持を分かってくれるのは、神戸の人」の考えから、お礼の気持も勿論あったが、出来たら経済活動の支援を、の気持ちも含まれていた。これが見事に的中、藪内さんは送ってもらった清酒を飲むと味は抜群、「これだ!」とひらめいた。

消防の仲間、友人、全国各地の知人にも「震災復興支援のためにも、小千谷の清酒を買って」と発信。すると「よく教えてくれた。何か被災地のためになりたかったが、これならばできる」と大勢が応じてくれた。中には「参加できて嬉しい」と藪内さんに丁寧に礼を述べる人までいた。

平成十七年八月十九日から二十一日までおぢやまつりが開催され、小千谷市民は「地震

左・薮内さんと関市長。仮設闘牛場にて

にあっても挫けないぞ！」という心意気を示す場と考えていた人が多かったのだと思うが、二十日の仮設闘牛場で開催された「おぢやまつり協賛牛の角突き」に、薮内さんの姿があった。筆者は本部席にいた関広一市長に同行願って、薮内さんとの対面の場を設けた。関市長は「職員から報告を受けている。小千谷のために本当にありがたい」と頭を下げた。薮内さんは「小千谷には清酒といい、牛の角突きといい本当に良いものが沢山ある」と語りかけながら、二人は握手（写真）、筆者はそれを八月二十七日号の小千谷新聞で報じた。この時、前述の酒造会社に聞いたところ、薮内さん関連だけで注文は七百本を超えているとのことであった。

前述の男性からの依頼で二十日夜、信濃川

震災５周年復興祈念イベントにて

河畔で繰り広げられた花火大会に、神戸市消防関係者千四百人の善意金を集めて花火を打ち揚げてくれた。打ち揚げる前に花火の紹介があると大きな拍手が湧き起こった。打ち揚げ終わると再び大きな拍手。薮内さんは筆者に「こんなに喜んでいただけて、本当に良かった。胸が熱くなった」と語ってくれた。取材していた筆者も胸にジーンとくるものがあった。

平成二十一年十月二十四日、総合体育館広場で震災五周年復興祈念イベントが行なわれ、薮内さんは会場で模型飛行機教室を開き市民を元気づけてくれ、筆者に「五年経ち市民の表情になごやかさが出てきたし、落ち着いた雰囲気を受ける」と語った。

（平成二十三年十二月記）

その後も札幌と仙台から

震災直後、そして危機的状況を脱して本格的な復旧復興作業に入ってからも多くの自治体が職員を長期間にわたって派遣、支援してくれた。杉並区、浦安市などがその代表であるが、その他にも沢山ある。配属された当時の課員と同士的繋がりが出来、派遣終了後も定期的に小千谷を訪れてくれている。その一例を紹介しよう。

札幌市役所の染谷洋さんと仙台市役所の駒場憲一さんがそうだ。二人は平成十七年度一年間、或いは六ヶ月間にわたり小千谷市に滞在、市下水道課に配属され、復旧復興作業に従事した。二人は三十代で年齢も近くウマがあって良く飲みに出かけた。中心市街地にある活きの良い刺身を廉価《れんか》で提供する店の常連となり、そこの主人とまるで親子のような間柄となった。課員とも仲良しとなり、派遣が終了してからも毎年一、二回示し合わせて小千谷にやって来て懇親会を開いている。

おぢやまつりにやって来たこともあったし、小千谷の酒造会社が毎年十二月二十二日に開催する「鑑評会受賞酒とおぢやそばを楽しむ夕べ」や、六月の雪中貯蔵酒解禁のガーデンパーティーを目指して来たこともある。平成十八年、十九年頃は市内の経済刺激策に大いに貢献してくれたであろうし、小千谷市は片貝まつり以外に何十万人を一度に呼ぶことのできる観光資源はないのであるから、交流人口アップを図るには、この二人のように繰り返し何回も訪れる人を作ることである、と考えるので有難い限りだ。

（平成二十三年十一月記）

見知らぬ人への親切

平成二十年三月、小千谷警察署に赴任して来たK署長（58）は、担当する小千谷を自分の足で隅々まで訪ね・見て・触れて知ろうという人だった。健康維持にランニングを取り入れていたので、この二つを組み合わせての〝現地踏査〟を頻繁に実施した。

特に休日で時間がある時は、名所旧跡を中心に話題のスポットがあればそこまでジョギング、〝現場〟でゆっくり過ごし、現地の人達とふれあいを楽しんだ。赴任したばかりでまだ〝面が割れていない〟時期だったので、小千谷の人と触れ合いを持つのに好都合だった。

若葉がほぼ出揃った五月中旬の日曜日、小千谷市川井にある市指定文化財の内ケ巻城址へ向かったが、その登り口が分からず近くの商店に入り尋ねた。するとその店主、「市外の人か？」「初めてきたのか？」と聞くので、K署長「そうだ」と答えると、説明しても理解出来ないだろうと判断、「その入口まで送ってやるから乗りなさい」と、配達車の助手席に乗るよう促した。K署長はそれに甘えた。

実は一ヶ月ほど前、筆者は署員の教養講座で「小千谷について話せ」と光栄にも指名され、小千谷縮、錦鯉、魚沼産コシヒカリ、清酒などの特産品を上げながら「これらは皆、豪雪がもたらしてくれたもの。これらの特産品もさることながら、豪雪が作り出した最高のものは〝小千谷人〟と語りながら、中越大震災での市民の行動を紹介したのだった。

だからK署長は川井内ケ巻で受けた親切に感激、「私がどこの誰かも分からないのに、車に乗せて登り口まで連れて行ってくれた。あんたの言うとおり小千谷人は素晴らしい」と絶讃してくれた。

（平成二十三年七月記）

北越戊辰戦争に関すること

司馬遼太郎文学碑

これに似た話は沢山ある。司馬遼太郎氏の『峠』(新潮文庫)に出ている話がその代表例と言えよう。この作品は江戸から明治に移る際、日本人同士が戦った戊辰戦争、それも越後の小藩の長岡藩家老・河井継之助《つぎのすけ》を主人公にしたものである。司馬ファンなら大抵読んでいると思うが、『峠』下巻の終盤に司馬氏が小千谷の慈眼寺を訪ねて来た時のことが出てくる。

昭和三十九年の夏だったか、と記されている。慈眼寺へ行く道を尋ねようとしたが人通りが少ない。やっと老人を見つけて「慈眼寺はどこか」と聞くと、案内してくれた。その老人、道を訪ねた人が高名な小説家とは知る由も無く、〝継之助に関心のある旅行者と思ったのであろう〟と司馬氏は書いている。法事帰りと思われる格好の老人は、〝継之助ファンの旅行者〟に道案内しながら「長岡から継之助がやってきたというのも、こうゆう暑い日だったらしい」「西軍はね」「長岡の継之助のいうことをあたまからきかなかった。……長岡の継之助はね」「悲しかっただろうよ」と途切れ途切れに語ったという。

この老人の親切と継之助の思いを代弁した言葉は、後年の我々小千谷に幸運をもたらしてくれた、と筆者は思っている。

時は流れて平成五年、信濃川の長岡市妙見と対岸の小千谷市高梨を結ぶ越の大橋が建設された。建設省（当時）は両岸の橋の袂《たもと》に公園を造ることにし、西側は小千谷市に託した。小千谷市建設課は深く考えることも無く、小千谷側の公園なら市民の誰もが名前を知る西脇順三郎の詩碑を建立すれば間違いない、と安易に導き出したのではあるまいか。当時、西脇順三郎を偲ぶ会会長の山本清氏に依頼した。

山本氏は建立場所が西脇と何のかかわりもない場所だけに、当然のことながら西脇の詩碑建立に賛成しなかった。戊辰戦争の戦場となった榎峠を対岸に望み、見る事は出来ないがその向こうには、西軍の参謀代理の時山直八（長州藩）が戦死した激戦地・朝日山古戦場がある。むしろ『峠』の文学碑であろう、と考えた。市文化財調査審議会委員長でもあったことから、この肩書で交渉してみることにした。

電話応対したのは夫人のみどりさんだった。「お金もない、文学碑の除幕式もない、ないないづくしの中での依頼である」旨を伝えると、みどり夫人からそれを聞いた司馬氏は「ハッハッハ」と笑い「おもしろいじゃないか」と言う遠い声が受話器から聞こえてきて快諾してくださった。――これらのことは山本氏から講演で何回か聞いた要旨である。

こうして極めて異例な形で幸運にも司馬氏の『峠』文学碑が当市にもたらされた。このことは前述の『峠』の中に出てくる老人の親切と継之助を思いやった言葉がもたらした、と思えてならない。これから書く事は仄聞《そくぶん》であって確証はないが、広く流布している話である。司馬氏が『峠』を書くにあたり長岡を踏査した時、継之助に対する評判は司馬氏の予想に反して極めて悪かった。「自分の爺さんが死んだのは継之助のせい」「長岡の街を戦火に包んだのは継之助のせい」の言葉を聞き、継之助の墓は倒されたり石を投げつけられたりして傷ついているのを目の当たりにし、継之助の生き様を高く評価する司馬氏をさぞがっかりさせたに違いない。後年、長岡青年会議所がまちづくり事業の一環として司馬氏に講演を依頼したが、断られたとも聞いている。その本当の理由は定かではないが、司馬氏が長岡を訪れた時の印象が悪かったから、と思うのは的外れか。対照的に小千谷の方はないない尽くしの極めて失礼な文学碑建立依頼であったにもかかわらず、快諾してくださった。繰り返しになるが、筆者にはこの幸運は『峠』の中に登場する老人がもたらしてくれたと思えてならないのである。

『峠』文学碑の両面に刻まれている文章はこの碑のためのオリジナルである。特に裏面の文章は継之助と長岡藩を絶讃している。長文であるのでほんの一部分を紹介しよう。『武

越の大橋西詰の峠文学碑

士の世の終焉にあたって、長岡藩ほどその最後をみごとに表現しきった集団はない。運命の負を甘受し、そのことによって歴史にむかって語りつづける道を選んだ』。小千谷人の筆者でさえ、心が震えるような内容だ。

　蛇足ながら、出典は覚えていないが、雑誌で司馬遼太郎特集を組み、司馬文学碑の全国一覧が掲載されていたことがある。小千谷市にある峠文学碑が本州最北であったと記憶する。

（平成二十三年七月記）

戊辰戦争がもたらしたいくつかの宝物

話は前後してしまうが、戊辰戦争に関しても読者に紹介したいものがいくつかある。日本史に興味ある人は筆者より詳しい知識を備えているだろうが、そうでない人のために若干解説を加えたい。と言っても筆者は古文書を読めるわけでもなく、郷土史に通じているわけでもなく、ましてや日本史を考察できるような能力も持ち合わせていない。全て他人が書いたものの受け売りであり、読んで時間が経つうちに、自分の中でいじくりまわして解釈、あたかも自分独自の考えのごとく錯覚している内容であることをお断りしておく。

戊辰戦争の越後であった部分を「北越戊辰戦争」と呼ぶ。慶応四年（一八六八）の小千谷は小千谷縮の産地、集散地としてかなり栄えていた。交通の要衝《ようしょう》でもあった。財力があったからであろうが、幕府直轄会津藩預かりとなっていた。

会津藩から軍用金を求められればそれに応じ、会津軍が去り新政府軍（西軍）が進攻してくれば、通りの全ての家の戸を開け放ち恭順《きょうじゅん》の意を表し、西軍にも軍用金を出した。このことから筆者は北越戊辰戦争における小千谷は「三つの義がぶつかったところ」と解釈している。極めて大雑把なくくりであるが、▽西軍＝士農工商の封建制度を終わりにし、西欧列強に伍して行ける新しい国をつくろうという義。▽東軍＝徳川幕府への忠義を貫こうとした義。河井継之助にはもっと高邁な思想があったと司馬氏は書いているが……。▽小千谷＝町人の町で武力を持たない状況下、いかにして戦禍から人々及び町を守るかを考え行動した義――である。

そして戊辰戦争の舞台になったことで、後世の我々小千谷市民にいくつかの財産（宝物と言ってもよいかも知れない）をもたらしてくれている。

（平成二十三年七月記）

日本一古い公立小学校

北越戊辰戦争勃発により長岡藩士の子女は逃げ場を、中間《ちゅうげん》や女中の実家や嫁ぎ先に求め、小千谷にもかなりの人数が逃れてきた。ところが、新政府軍は高札で「長岡藩関係者を助けてはいけない」の旨を町民に知らしめた。もしこれに反したら西軍に厳しく罰せられると判断して小千谷の人達は、助けを求めて来た子供達をも受け入れなかった。後年、このことを捉えて「小千谷の人は〝長いものには巻かれろ〟的傾向が強すぎる」と評する意見もあるが、体制の変化の渦中で新政府軍がどのような厳罰を下すか恐れるのは、庶民として当然のことであり、当時の小千谷の人達を責めるわけにはいかないと思う。

閑話休題。子供達は神社や寺の軒下などで野宿、生きてゆくためにかっぱらいや泥棒をはたらくようになった。小千谷の縮商の山本比呂伎がこのことに心を痛め、救済行動を起こした。最初は食べ物を与えて助けた。「衣食足りて礼節を知る」の言葉がある。食べるものがあれば、かっぱらいや泥棒は行なわなくなるだろう」との考えからだった。更に「武士

小千谷小学校内に再現されている振徳館　同校提供

の子なら食べ物と寝るところを与えてそれでよしとするわけではない。きちんとした教育を受けさせ、社会に有益な人材に育てねばならない」と学校を造ることを考え、それを公立校とするよう当時の柏崎県に建白書を差し出した。そのための費用を、五年間に千両出すということを添えて。この願いはすぐには受け入れられなかったが、何回かの建白書提出が実り、明治元年（一八六八）に公立の「振徳館」が設立された。これが現在の小千谷市立小千谷小学校の前身となった。全国に公立学校ができたのは明治五年（一八七二）であるので、小千谷小学校は四年早いことになる。

小千谷の子弟のための学校ではなく、

北越戊辰戦争で行き場を失った長岡藩の子供達のために建てた学校であることが感動を呼ぶ。それも〝勝てば官軍〟の新政府軍と戦った長岡藩の子弟のための学校である。あるやも知れぬ仕置きを恐れずに行動した山本比呂伎はすごい人物だったと思う。

実は筆者も小千谷小学校の卒業生であるが、「小千谷小学校は日本一古い」とは教えてもらってはいたものの、こんな感動的な話があるとは知らされていなかった。この職業に就いたお陰で詳しく知ることが出来た。山本比呂伎、振徳館のことを詳しくまとめた立石優氏の『学校物語』（恒文社）を呼んだ時は涙が溢れ出た。拾い読みも含めれば数回は読み返した。今回のこの文章も改めて読み返してはいないが、『学校物語』から得た知識を基にしている。近年の小千谷小学校は山本比呂伎と振徳館のことを総合学習などで捉え、児童にきちんと教えている。二十二年度に新校舎に改築したが、その中に振徳館を再現している。

蛇足ではあるが、『峠文学碑』に登場する山本清氏は山本比呂伎の孫である。

（平成二十三年七月記）

西軍墓地

小千谷市の市街地に船岡公園がある。標高数十ｍの小高い丘であるが、地元では船岡山と呼んでいる。その〝山頂〟に北越戊辰戦争の西軍墓地がある。「官軍墓地」と呼ぶ人もあるが、〝勝てば官軍〟であるから、最初から官軍ではなかったはずだ。或いは一方的に自分等のことを官軍と称し、たまたま勝利したに過ぎない。小千谷の人達がそう呼ぶのは、いかにも勝者におもねっているようで面白くない。会津と因縁深く、長岡と隣同士なのだから「西軍」と呼ぶのが人間としてまっとうな思考回路と確信する。

戊辰戦争直後の小千谷の先達は、二十歳前後の多くの若者が故郷を遠く離れた異郷の地・小千谷で亡くなったことを哀れんで、景勝の地に西軍墓地を造った。信濃川の蛇行、小千谷の大勢の〝ふるさとの山〟山本山、晴れた日はその向こうに越後三山を望むことが出来る。映画『男はつらいよ』の都はるみがマドンナ、主なロケ地は佐渡の作品の冒頭、寅さんが転寝《うたたね》から目覚めるシーンは、西軍墓地のすぐ近くでロケ、タイトルが大写しされる

西軍墓地

中越大震災で壊滅的被害を受けた西軍墓地

場面の景色は、船岡公園から望んだ信濃川の蛇行・山本山・越後三山である。この見晴らしの良い場所に百九十九基の西軍兵士の墓が建てられており、山縣有朋撰文《せんぶん》の「時山直八君之碑」も建立されている。民間人によって造られた墓地はやがて市が管理、たまに子孫等関係者が訪れ、それを取材することがあるが、きちんと整備されているのに感動して、涙を流す場面に何度も出くわしている。

平成十六年十月二十三日の中越大地震によってこの西軍墓地は壊滅的打撃を被った。長きにわたって行政たる市が一応の管理を行なっていたものの、その所在がはっきりしておらず、行政が行なわなければならない震災復旧はあまりにも多く、ましてや文化財指定を受けていない墓地であり、行政が復旧できる状況になかった。

発災から一ヶ月少々経った十一月末頃、有志から「このまま放っておくわけには行かない」の声が上がり、復旧するための小千谷北越戊辰史跡復興支援の会が十二月に発足した。筆者も仕事柄「お前も手伝え」と声をかけていただきメンバーとなった。

戊辰戦争から百三十年余り、小千谷の先人は「死なば皆仏」の心で故郷を遠く離れこの地で亡くなった人達を懇《ねんご》ろに供養してきた。たまたま我々が縁あって小千谷に暮らす時、大地震に見舞われ甚大な被害を受けたからといって、西軍墓地をそのままにしておいて良い訳がない。きちんと復旧して次の世代に引き渡す義務がある――ざっとこんな気持ちの同志が十数人集まった。

長州、薩摩の藩兵の墓が多いので、これら関係の西南諸藩の住民や我々の考えに賛同してくれる人全てに善意金を募ることにした。最初に行動してくれたのは小千谷市民であった。地震による被害が全く無かった人はいなかったはずなのに個人・企業などからかなり集まった。支援の会メンバーの仕事関係、大学の同窓、所属する倫理法人会など全国各地に伝手《つて》を頼り募金を要請した。長州と薩摩には平成十七年九月に修復工事がほぼ終了した後で、野澤金一郎会長、廣井一事務局長等が訪ねて趣旨を説明し協力を求めた。山口市では新聞社や放送局など多くのマスコミの取材を受けた。

そんな中でドラマは山口県萩市にあった。萩市の「松陰先生の墓を守る会」は早くから

修復なった西軍墓地

我々の活動情報をキャッチ、「小千谷に駆けつけて修復作業を手伝いたい」とまで語るグループだったので、会長等は歓待された。吉田松陰の墓に案内されて行くと、そこに安倍晋三代議士の地元筆頭秘書がいた。同守る会役員等と旧知の仲のようで、軽口を交えながら親しげに言葉のキャッチボール。それを目の当たりにした廣井事務局長は「実はこの活動を開始した直後、長州に協力を仰ぐにあたり安倍先生のお墨付きを得たいと新潟県の国会議員に繋いでいただくべく動いたが、埒《らち》があかなかった」旨を語ると、それを聞いた守る会メンバーは「それなら私達と一緒に会うか」といとも簡単に決まった。

　萩市は現在、安倍代議士の選挙区ではないが、父安倍晋太郎氏の時代から重要な選挙区。

西軍墓地を訪ねた萩の人達

守る会メンバーは有力な後援者、選挙区が変更になった後も晋三氏を様々な面でバックアップするグループだった。

守る会の幹部六人は「一度小千谷の西軍墓地をお参りしたい」と数日後、小千谷を訪ねることを決めていた。その帰りに東京に立ち寄り安倍代議士に面会することになっていたのである。そこに居合わせた地元筆頭秘書を通じて、東京の秘書に「新潟県小千谷市の人達も同席する」ことを伝えた。小千谷の廣井事務局長はその場から筆者に電話してきて、興奮気味に「我々の思いを吉田松陰と時山直八がかなえてくれた」と事の経緯を伝えながら「お前も一緒に安倍代議士に会いに行こう」と誘ってくれた。またとない内容だったので、同行させてもらうことにした。

守る会の六人はその数日後、小千谷を訪れ西軍墓地に花を手向《たむ》け線香を上げた。西軍墓地がきれいに整備されていることに感激、筆者が撮った震災直後の壊滅的状況の写真を見て驚くと共に、それを修復した行為に感謝してくれ、大金を届けてくれた。特に時山直八は吉田松陰の墓を建立した当時の十七人衆の一人、墓にその名が刻まれており、守る会にとっては重要な人物。守る会の井上弘行会長は「松陰先生の墓に建立者として名が刻まれている時山直八を、小千谷の人達がこのように手厚く祀ってくれていることを初めて知った。地震で甚大な被害を受けたにもかかわらず、長州を初めとする各藩の墓を修復してくれた小千谷の人達には頭が下がる。時山直八の墓の土を少々骨壷に入れて〝松陰先生の側にお連れします〟の気持で持って帰れる」と筆者のインタビューに答えてくれた。

平成十七年十月四日午後、支援の会の野澤会長、廣井事務局長と筆者は萩の人達に連れられて安倍代議士を訪ねた。安倍代議士第一秘書の、萩の六人に対する態度が非常に丁寧で、この六人が安倍代議士にとってとても大切な人達であることが分かった。忙しい公務の合間を縫って安倍代議士が現れた。六人を見つけるとかなり離れていたものの、親しげにこちらに手を振りながら近づいてきた。

井上会長が我々のことを紹介してくれ、持参した小千谷新聞社発行の中越大地震写真集をめくりながら「これはひどいなぁ」と声を上げ、西軍墓地のページに来た時、井上会長

我々が持参した資料を見る安倍首相

が修復したこと、ここに時山直八の墓もあることなどを説明すると「私も一度、行ってみたいなぁ」の言葉、社交辞令であると分かっていても嬉しかった。その後、守る会役員から「先生は第一秘書に〝小千谷に行ってみなければ〟と話していたとのこと」の連絡が届いた。更に平成十七年十二月六日、首相官邸で特区認定証交付式があり、当時の関広一小千谷市長が出席して「どぶろく特区」の認定証を受けたが、安倍官房長官と名刺交換した市長は「一度小千谷に来てください」と話したところ、「この前、小千谷の人がうちの後援会の人と一緒に来ましたよ。西軍墓地参拝に小千谷へ行ってみたい」と語ったという。単なるリップサービスではなく、本心で西軍墓地参拝を希望しておられる、と我々は確信し

安倍首相　西軍墓地にお参り

安倍首相に説明する野澤会長

た。

そして平成十九年二月二十五日、安倍晋三首相は拉致被害者救済に力を入れ、その一環として新潟県入りすることになった。このことを日刊紙で知ると野澤会長はすぐに萩の井上会長に電話で「十七年十月にお会いした際、〝西軍墓地に行ってみたい〟とおっしゃっていたが、この機会に是非」と仲介を依頼した。するとほどなく我々にとっては、夢のような吉報が届き、急遽、予定を変更し新潟市に向かう前に西軍墓地に立ち寄り、お参りされた。

平成十六年十月の中越大震災直後に小泉純一首相が小千谷市に慰問、そして次の首相が小千谷市を訪問、小さな地方都市小千谷にとって、こんな事は恐らく最初で最後であろう。地震で壊滅的被害を受けた西軍墓地を、民間の我々が立ち上がり修復したことに対する天からの褒美、と受け止めている。勿論、それ以上に北越戊辰戦争直後の先人達が西軍墓地を整備して、それに続く人達が百年以上にわたって懇《ねんご》ろなる供養を続けて来たことによる。我々はただその先に繋がっていたに過ぎない事は言うまでも無いことだ。

蛇足を承知の上で書くことを許されたい。筆者は以前から政治家安倍晋三氏が好きであった。何よりも拉致問題に一生懸命だからである。政治的なイデオロギーや立場は筆者には難しすぎるのでひとまず横においておき、「もし自分の家族が拉致されたら」と考えれば、その心痛たるや筆舌に尽くし難きものがあろう。国会議員である以上、この問題に取り組むのが当然と考えるが、どうもそうでない人が大勢のようだ。蓮池透さんの『奪還』(新潮社)を読むと、新潟県選出の国会議員にも信じられないような言動をとる人がいて唖然とする。

靖国神社参拝にしても安倍氏の主張を支持していたが、首相になってからの言動には少々がっかりした。色々な配慮やしがらみもあるのであろうが、首相になる前の姿勢を貫いて欲しかった。さすれば首相としての在任期間やその後の展開ももっと違うものとなったのでは、と岡目八目的に見ているのであるが……。

国防の問題も安倍氏の考えははっきり記憶していないが、恐らく結果的に筆者と同じと思う。筆者は地方にいてその分野の専門的知識も情報も特別に得ることが出来ず、新聞・テレビ・書籍等によって知るだけであるが、これとて自分の日常生活を振り返り、常識的に判断すれば良いだけのことと確信している。日本においては治安がよく自分で武器を持たなくても済んでいる。何故か？　法治国家であり、警察が津々浦々にまで整備されており、市民生活を守っていてくれるからである。世界においてはどうか？　残念ながら国際警察というようなきちんとした組織がなく、被害にあったとしてもせいぜい世界的世論に訴えるくらいで、公的権力によって日本の警察のように即現場に急行し対処してくれることもないし、取り締まりも罰則もない。力（軍事力）が幅を効かせる事は、尖閣諸島での中国船の体当たり、その後の日本政府の国民を唖然とさせた腰砕け外交は周知のとおり。第一、この治安の良い日本でさえ、家を留守にする時や夜はどこの家も必ず戸締りをするだろう。一〇〇％善人はいないと筆者は思っている。いつも善が悪を上回っているわけでないことは自分を静かに見つめれば分かるだろう。きちんと戸締りしていないと、誰かに悪い心を起こさせてしまいかねず、泥棒・強盗を防ぐために戸締りするのではないか。本気で最初から侵入するつもりであれば、鍵をかけておくぐらいでは効果は無い。それでも鍵かけを励行するのは、その行為によって抑止効果がたかまるからである。国も同じであろう。昔から『間違いと×××はどこにでもいる』の言葉があるが、国際社会にも道徳観念が通用しない国があるようだし、いくらそのような国でも相手がある程度の軍事力をもっていればうかつに手出しできないのではなかろうか、と考える。軍事力を有すると抑止効果となるのである。長くなったのでこの辺で終わりとしたい。

　考え方も似ているところがあり、実際に面談して、ツーショットの写真を撮り、「一度行ってみたい」の言葉どおり約束を果たした安倍氏を筆者は好きだ。首相在任期間が短かったことは残念でならない。

（平成二十三年七月記）

浦柄神社墓地

北越戊辰戦争の激戦地となった朝日山古戦場の麓《ふもと》、浦柄地区の鎮守・浦柄神社の一角に朝日山で戦死した兵士の墓地がある。それこそ〝死なば皆仏〟の精神に則《のっと》り西軍東軍の別なく懇《ねんご》ろなる供養を、百数十年の長きにわたり続けてきた。

北越戊辰戦争直後の浦柄の先人は、山中の屍《しかばね》があった場所と浦柄神社境内の両方に墓を建て東山小栗山の福生寺の良然住職に依頼して戒名をつけてもらい、今日に至るまで供養を継続している。神社境内の墓地には二十二基の墓があり、この内二十基が会津藩士の墓である。会津では勝った西軍がみせしめのため会津藩士の屍を一冬片付けさせずにいた。死んだ人間は皆仏様になり、それを懇《ねんご》ろに弔《とむら》うのは日本人として常識である。それをさせなかったからこそ、その怨念は未だに消えておらず、福島で国体が開催された折、長州の選手が泊まった宿では選手等に冷遇したことや、かつての西軍から仲直りしようと申し出たが、会津側が拒否した等の話は有名である。会津の人達の立場になってみればその心情

浦柄神社境内にある墓地

を理解できる。その状況を考えると浦柄の人達と良然住職のとった行動は勇気あるもので賞讃に値する。

そして、あとに続く浦柄の人達は先人の心を大切に繋いできた。近年、ようやく行政も環境整備に力を入れるようになって来てはいるが、それ以前は浦柄地区だけで、他のどこからも力を借りずに行なっていた。だから、ある意味では西軍墓地よりも特筆すべき存在であることは間違いないだろう。

近年、長岡市が「歴史を生かしたまちづくり」を掲げ、特に戊辰戦争をクローズアップ、かつての東西両陣営の首長や研究者を招いて大掛かりなシンポジウムを開催している。長岡市に招かれた講師やパネラー等の多くは、前日、西軍墓地か浦柄神社を訪れお参りし、きちんと整備されていることに感激。シンポジウム当日、冒頭でこのことを紹介しながら謝意を述べるのだ。お金を出し苦労してセッティングした長岡市に申し訳ないなぁ、と筆者はいつも一般席で聞きながら感じている。

菅家一郎会津若松市長は、平成十五年八月、この長岡市のシンポジウムに招かれて、長岡市入りする前日、浦柄神社に立ち寄り花と線香を手向けて手を合わせただけでなく、浦柄の人達に案内を請い山頂を中心とする山中の墓にもお参りした。筆者も菅家市長等と一緒にまわった。そして翌日の本番でまたしても、発言の冒頭で浦柄住民に対し最大級の感謝の言葉を語ったのだった。

会津若松市では毎年の春秋の彼岸に合わせて飯盛山白虎隊士墓前で会津弔霊義会主催の「戊辰殉難者大祭典」が執り行なわれている。近年、浦柄地区もここに招待されている。平成十五年九月の祭典に筆者も浦柄の人達に同行した。玉串奉奠《ほうてん》が始まり菅家市長等数人が奉奠したすぐ後に、「小千谷市浦柄町内会様」と司会が告げた。すると菅家市長が立ち上がり、小杉松義浦柄史跡保存会会長に一礼したのである。筆者は感動で両腕に鳥肌がたった。きちんと数えてはいなかったが、玉串奉奠は五十人前後だったと思う。極めて早い順番で、しかも菅家市長が立ち上がり一礼したのはこれ一回のみだった。弔霊義会理事長の「戊辰戦争は近代日本の生みの苦しみと位置付けられているが、会津にとっては悲しい出

山本五十六の揮毫《きごう》碑

来事だった。中でも十六、十七歳の少年で構成された白虎隊を初めとする少年達の死は痛ましい。野ざらしのまま放置され、過酷な仕打ちを受けた少年達の無念を察する時、この歴史を埋没することなく末永く後世に伝えて行かねばならない」旨の祭文《さいもん》にもジーンとくるものがあった。

中越大地震に際しても、会津若松市は当市に素早く義援金を届けてくれた。朝日山山頂に通じる道路は壊滅的打撃を受け、浦柄神社境内にある山本五十六の石碑が傾くなどの被害はあったが、戊辰戦争兵士墓地はほとんど無傷だった。筆者は新潟県内の民放ラジオBSNの「ふるさと散歩」に平成十七年度一年間にわたって「被災地小千谷復興便り」の原稿を書かせてもらったが、その一つにこのことを捉え「永年の辛苦からか、今回は西軍より会津にご加護があった」と記した。

浦柄地区は東山の入口に位置する。中越大震災で、東山地区の養鯉池が決壊、濁流となって下流の浦柄地区に流れ込んできた。悪いことに地内を流れる朝日川が家屋や土砂で塞き止められ、濁流は床上浸水、揺れと濁流で甚大な被害を受け、地区全世帯が避難所生活、引き続き多くの世帯が仮設住宅生活を余儀なくされた。

にもかかわらず、浦柄の人達は戊辰戦争戦死者墓地の整備を怠らなかった。車が通る山頂への道は公的な力でなければ復旧は難しく、時間は随分掛かる気配。代替処置として浦柄住民は、山頂へ通じるかつて使用していた山道を切り開いて通れるようにしたし、浦柄神社境内にある山本五十六揮毫《きごう》の「戊辰戦蹟記念碑」を落ちそうになっている崖際から、安全な場所に移設した。

平成十七年九月の戊辰殉難者祭典に浦柄の人達と再び参列した。この時は玉串奉奠の順番を数えていたところ、約五十人中十三番目、菅家市長の立ち上がって一礼はなかったが、直会《なおらい》で菅家市長は浦柄の人達が持参した写真を見て「私は朝日山山頂まで登り知っているのであるが、小千谷市浦柄の人達は、会津藩兵士の墓を大切に守ってくれている。昨年の大地震では大きな被害を受け、仮設住宅に入っている人も多いというのに、真夏に手入れ

浦柄神社墓地

をした写真を見て感動した」と挨拶の中で語ってくれた。

小千谷各地は戊辰戦争の渦中にあり、当時の人の辛苦は大変なものであったであろうが、真正面からそれを受け止め、自分達がその時出来ることを〝利他の心と思いやり精神〟で行なったことが、後世の我々に大きな恩恵を与えてくれているのである。そして今、ここにある私達は先人達と子孫達を繋ぐ中間の存在であることを意識した行動をとるべきと思う。継続すべきことを我々の所で中断、断絶させてしまうようなことがあってはならないと思うのである。

（平成二十三年七月記）

闘牛会　禍を転じて福と為すの実践

牛の角突き

筆者は平成十七年八月に地震体験記『挫けない！』（パロル舎）を発行、また平成二十年に発足したＮＰＯ防災サポートおぢやの語り部に登録している関係で、中越大地震についいて話す機会が時々ある。先方から指定されたテーマ・時間にもよるが、出来るだけ小千谷闘牛振興協議会のことを話すようにしている。この団体の行動は筆者が話の結論としたい『天は自ら助くる者を助く』と『禍を転じて福と為す』に合致し、分かりやすいからである。よってここでもいくつかの〃いい話〃を紹介したい。

本題に入る前に受け売りの知識を少々述べる。小千谷闘牛は全市的に行われているものではなく、小千谷市東山地区という限定された狭い範囲で行なわれている。ここは急峻《きゅうしゅん》な山間地区で、小千谷市に合併する前まで山古志などと「二十村郷」を形成していた。泳ぐ宝石と絶讃されている錦鯉もこの二十村郷で江戸時代に突然変異によってもたらされた。錦鯉の養殖を生業《なりわい》とする人が多く、闘牛「牛の角突き」と密接に関連していると筆者は見ている。

「闘牛」と「牛の角突き」の解釈であるが、牛と牛とを戦わせることのいわば全国共通語と解釈出来る言葉が「闘牛」、各地で「闘牛」を言い表す独特の固有名詞を持っている、と考えると分かりやすい。二十村郷で実施されている闘牛が「牛の角突き」と呼ばれている。島根県隠岐の島町で行われている闘牛は「牛突き」、愛媛県宇和島市の闘牛は「突きあい」、鹿児島県徳之島の闘牛は「牛オーシ」、沖縄県の闘牛は「牛オーラセー」である。

牛の角突きがいつ頃から始まったかは、はっきりしておらず、滝沢馬琴が『南総里見八犬伝』の中で書いている。その起源は諸説あるが、その一つに「南部（現在の岩手県）から南部鉄を運んできて牛も売っていった。一番強い牛を先頭にすると隊列を乱さずに進めたことから、牛の順位付のために行った」というものがあり、筆者はこれを支持したいが、研究家でないので詳しくは分からない。農作業の大切な働き手となったし、娯楽の少ない時代に神事と結びつき、二十村郷に定着した。農作業は機械化が進み牛は不要となったが、牛の角突きは二十村郷の文化の一つとして根付き今日に至っている。原則引き分けで、勝負をつけずに牛を大切にし、そこに「牛は家族」の精神が息づいている。この「牛の角突きの習俗」は昭和五十三年に国指定重要無形民俗文化財となっている。

（平成二十三年十月記）

避難勧告にも残る

震災時、東山地区には十町内、約三百世帯あった。闘牛は約三十頭飼われていた。地震で牛舎倒壊により、一頭が犠牲になった。

塩谷集落では東山小学校に通っていた三人が尊い命を失い、山間地区だけに地盤災害がものすごく、幹線道路・生活道路が寸断され、全地区が避難勧告を受けた。そんな中、若手を中心とする何人かが集落ごとに残り、牛の世話をした。犬や猫ならば市街地の避難所に連れて行っても、確保しておく場所を何とかできても、一tもある牛は連れ出すことが困難、皆が避難して牛に餌を与えなければ餓死してしまう。昔からの「牛は家族の一員」の精神は連綿と受け継がれていた。女性陣の大反対をものともせず、電気・水道・携帯電話も繋がらなくなり、唯一、ガスは都市ガスでなくプロパンガスだったので使えたが、そんな状況の中、集落ごとに有志が残り、牛の世話をしたのであった。

避難勧告が出てから、東山に繋がる道路入口には警察官が立ち、不審人物は勿論、住民も通行禁止としていたが、牛に餌をやるために喧嘩腰で警官とやりあい通過する人もいた。塩谷には四頭いたが、一頭は下敷きとなり犠牲となった。自衛隊が駆けつけてヘリコプターで脱出したため、誰かが残って牛の世話をするような状況に無かったので、「生き残って欲しい」の願いを込めて三頭の牛を放しておいたという。

（平成二十三年十月記）

家が全焼しても牛を繋ぐ場所確保に奔走

市街地に逃れた人はすぐさま牛を繋いでおける場所確保に奔走した。

間野睦男さん（当時61）がその中心だった。間野さんは建築業、十月二十三日は長岡市で仕事中だった。地震発生と共に、家族の安否を心配し車を飛ばしたが、東山から数km手前で道路が寸断されており、山道を辿りながら約三時間かけて集落にたどり着くと、遠くから見えていた火は自宅が燃えていたものと判明。隣家からのもらい火だった。小千谷市では阪神淡路大震災を教訓に、市営の都市ガスは全てマイコンメーターを取り付けていたので、市街地では火災は一件も起こらず、郊外では地元消防団が中心となり活躍し、火災はこの間野さん宅が燃えた東山岩間木の一件二棟だけだった。別棟の間野さん所有の牛二頭は無事だった。

自宅全焼、そんな境遇にありながら牛の避難先確保に全力で取り組む。東山は避難勧告を受け、遅くとも十月二十五日までには市街地の避難所に逃れたが、間野さんを含む〝牛を愛する八人〟は東山に残った。牛を何とか脱出させたい、と話し合うがなかなか解決策が見つからない。「当たって砕けろ！」と一人歩いて東山を脱出、小千谷市小粟田原に牛舎を所有する畜産会社社長鈴木洋二さん（当時60）に頼み込んだ。お互い顔は知っているが、親しく話をするのはこの時が初めてだった。鈴木さんは事情を理解したが、生憎牛舎は三十頭の牛で満杯、断らざるを得なかった。

しかし、間野さんはここで諦めなかった。自宅がもらい火で全焼したことを告げながら、懐中にあった焼け跡から拾った黒こげの五百円硬貨四枚を取り出し、「今、持ち合わせはこれだけ」。鈴木さんは「あんたは、家が全焼したのに、それでも牛を助けたいのか」と間野さんの手を取り二人は男泣き、「何とかしよう」と約束した。十月二十七日のことであった。

今度は鈴木さんが奔走、最終的に自身が理事長を務める長岡市にある中央家畜市場で一時的に飼育出来るようにした。間野さんと鈴木さんの当初の約束では十五頭であったが、実際に運び込まれたのは二十頭、しかも翌日には塩谷の三頭が加わった。鈴木さんは黙って快く受け入れた。

昼は闘牛会の高齢者、夜は若手が順番で牛の世話と番付きを続けた。その後、原産地の岩手県山形村（現・久慈市）など遠隔地に〝避難所〟を確保、冬を含めた数ヶ月間を過ごした。

（平成二十三年十月記）

牛を東山から脱出

牛を繋いで置ける場所を確保したら、一時も早く牛を脱出させたい、と闘牛会はすぐに動いた。先ずはきちんと筋を通そうと小千谷警察署を訪れ事情を説明したが、署長は「二次災害が起きるやも知れない」と頑として受け付けなかった。それはそうだろう。避難勧告を出しておきながら、牛を連れ出すのを認めるわけにはゆかない。県内各地、県外からも大勢の警察官が支援に駆けつけている状況下、署長が例外を認めるわけが無かった。複数の闘牛会関係者から聞いた後日談では、かなり険悪なムードまで行ったとのこと。

ここでリーダーの一人が「分かった。今の話は無かったことにして」と引き下がった。即ち自分達は何が何でも牛を救出したい。自己責任で臨むから、今の話は聞かなかったことにしてくれ——との意味である。

二十八日早朝から脱出が始まった。崖崩れ・道路崩壊などにより道路が寸断されていたため、道なき道を遠回りしながら、いくつかのルートで一日がかりで牛を連れ出した。作業を終え記録写真を撮ろうと皆で並ぼうとした時、「あれ、塩谷の牛がいない！」と誰かの声。

翌十月二十九日夜明け前に五人が避難所を出発、早朝、塩谷に着くと三頭の牛は塩谷小学校跡地に固まっていた。五人の到着を見るや二頭が歩み寄ってきた。一頭は足を怪我していた。この場面で「牛達もさぞ心細かったのだ、と思うと涙が出そうになった」と後日聴いた記憶がある。昨日とは違ったルートで牛を救出した。作業を終了した時は夕方になっていた。

（平成二十三年十月記）

※「小千谷東山復興マップ　震災の記録」（東山地区振興協議会）参照

仮設闘牛場を自分達で造る

平成十六年十二月中旬、小千谷市は小中学校のグラウンド、スポーツセンターなどの市有地、国有地（蚕糸試験場跡地、その後払い下げを受け現市有地）に仮設住宅を設置した。東山全町内が一ヶ所の仮設住宅にまとまることはできなかったが、少なくとも町内単位は崩さないよう配慮した。

年が明けると、何とか牛の角突きを実施したい、という声が起こった。「大変だから」という理由でやらなかったら、他のことも何もできない。我々が実施することで、闘牛を復興のシンボルとしよう！――という考えからだ。小千谷市に交渉すると、市街地の一角、市役所から二㎞ほどの場所にある白山運動公園内の場所を使っても良い、と許可が出た。

普段は東山の小栗山にある小千谷闘牛場で、五月から十一月までほぼ月一回開催されていた。初場所は五月三日と決まっていた。大地震後の混乱と十九年ぶりの豪雪により、それは不可能であったが、平成十七年五月のゴールデンウィーク中に闘牛会メンバーで仮設

小栗山の小千谷闘牛場にて

闘牛場造りに汗を流した。

長岡市の中央家畜市場はあくまでも一時的な避難所であり、その後、原産地の山形村や新発田市、小千谷市郊外の畜産農家など個々で場所を確保した。仮設闘牛場で牛の角突きを再開することは、取りも直さず家族の一員を呼び戻すことであるから、再開することは闘牛会メンバーの切実な願いであったと言える。

それにしても闘牛会の結束力、行動は素晴らしい。これは地震の前から感じていたことであり、筆者が昭和五十五年にこの職業についてから色々と世話になっている闘牛会の中枢を担う人（迷惑が及ぶやもしれないので氏名は伏せる）と、この「自分達でやるべきこと、やれる事は自分達でやる」という姿勢について話し合ったことがある。その時リーダーから聞いた話が筆者の心に鮮明に焼き付いている。他地区の批判をするつもりは毛頭ないが、出来るだけ正確にその内容を再現したい。

「元々二十村と言われるこの一帯は一つのくくりであっただけに人間の気質も似通っていた。昭和の大合併により我々東山は小千谷市に合併、山古志村（現在は長岡市に合併）は一郡一村の道を選んだ。東山は小千谷市の中の一地域として他地区と同様に扱われる。山古志は過疎債適用でジャブジャブと補助金支給があり、我々は羨《うらや》ましい限りであった。闘牛場の運営も我々は小千谷市営闘牛場を建設してもらったが、その後の管理運営のほとんどを自分達で行なっている。山古志は建設を初め、管理運営も行政主体。それが長く続くと、いつの間にか主体性がなくなり全て行政に〝おんぶにだっこ〟。自分達で何かやろうという気概がなくなってしまった。今になって、逆に〝我々は小千谷に合併して独立心を失わずにすみ良かった〟と思う」というものであった。筆者が日頃から気に入っている諺《ことわざ》『人間万事塞翁が馬』に合致する。

仮設闘牛場設置でもこの〝自分達でやれることはやる〟精神・姿勢が遺憾《いかん》なく発揮された。闘牛会メンバーの中に重機を運転できる人がおり、土木関係・建築関連の職業にある人もいて、手分けをして窪《くぼ》みを利用してアッと言う間に仮設闘牛場を造り上げた。造った

小千谷闘牛場にて

後で補助金が出ることが分かると、今度は小千谷市がその手続きを闘牛会に代わって全て行なった。この行政の姿勢にも筆者は心温かいものを感じた。

平成十七年六月五日（日）午後一時からこの仮設闘牛場で、地震後初の牛の角突き場所が開催され、約千八百人の入場者があった。東山小栗山地区の高齢者が主体となって発足、地域興し活動展開の「金倉そば道場」が会場に模擬店、仮設闘牛場に近い山谷の有志、酒造会社も出店し、闘牛会を先頭に会場全体が「地震なんかに挫けないぞ！」という気概が溢れていた。

仮設闘牛場での開催は以後六月五日（日）、七月三日（日）、八月二十日（土、おぢやまつり協賛）、九月十一日（日）、十月二日（日）、十一月六日（日）、そして平成十八年の初場所五月三日もここで開催された。

（平成二十三年十月記）

若手の北斗会のこと

小千谷闘牛振興協議会最大の特長の一つは若手がきちんと、否、中心的役割を果たしているということである。若手グループ北斗会が結成されており、会員は約二十人。実にまとまりがよく、勢子長で東山小学校の学校牛「牛太郎」の飼育担当者でもある平澤隆一さんがこの会の会長。北斗会メンバーが勢子の中核を担っているし、闘牛場にまつわる様々な仕事、裏方業務も厭《いと》うことなくこの会のメンバーが率先して行なっている。

全国の闘牛開催されている地の団体・自治体が集まって全国闘牛サミットを開催している。平成十三年に小千谷市で第四回サミットが開催されたが、その席上、ほとんどの闘牛会から「後継者問題」が出された。傍聴していて小千谷の闘牛会だけが特別な存在であることが分かった。

その要因はどこから来ているのであろうか。部外者の考察であるから的外れかもしれないが、原則引き分けで興行性がないこと、このことと密接に関与しているが牛は家族の一員として大切にされていること、前述したが行政に頼りっきりでなく自立心旺盛であることなどが考えられる。東山以外に住んでいる若者も加わっているし、東山の若者にとって北斗会に入会することが一つのステータスシンボルになっているように思われるのだ。

小千谷闘牛場は平成十八年六月場所から使えるようになった。仮設闘牛場は取り壊してしまった。筆者は残しておき、八月のおぢやまつり協賛場所、九月の片貝まつりに合わせた観光闘牛などの際、有効利用すれば、と考えていただけに少々残念に思った。後日、闘牛会中枢の人に聞いたところ、牛の角突きは国指定重要無形民俗文化財に指定されているのだから、その習俗に則《のっと》って行なうのが本筋。牛の角突きが見たかったら、東山小栗山にある小千谷闘牛場まで来るべき、との考えからという。しかもこれを主張したのは、北斗会を中心とする若手からだったというから、天晴《あっぱれ》と感じ入った。と同時に経済効果や利便性しか考えず、牛の角突きの習俗を一顧だにしていなかった筆者自身を恥じた。同じ考えから、地震前まで、八月はお盆場所とおぢやまつり協賛場所を開催していたが、平成十八年のおぢやまつり協賛場所を最後に取り止め、十九年から昔同様のお盆場所だけにしている。

北斗会メンバーの子供達が父の後姿を見て、牛の角突きの魅力を自然な形で継承するならば、小千谷闘牛振興協議会の行く末はしばらく心配の必要なし、と言えよう。

（平成二十三年十月）

みまもり岩に面綱

『天は自ら助くる者を助く』。闘牛会の自分達で出来る事は進んで汗を流す、という姿勢は周囲が見捨てておかない。次から次へと協力者が現れている。

小千谷闘牛場近くに高さ三m×幅五m×一・五m程の大きな岩がある。この大岩は二十数年前、養鯉池造成時に出土したもので、地元の人達は「大岩」と呼んでいた。中越大地震でどういうわけか真っ二つに割れてしまった。長岡造形大学学長が「この岩を闘牛に見たて、面綱を掛けて復興のシンボルにしては」と闘牛会に提案した。なるほど、牛に見えない事は無い。面綱とは本場所時、闘牛場入場と戦い終えて闘牛場を後にする際、牛の角から鼻の上にかけての化粧回しのことである。

まだ雪残る平成十九年三月十八日、東山コミュニティセンターに老若六十人の闘牛会メンバーが集まり、ジャンボ面綱作り作業を行なった。東山の闘牛会高齢者は地震の数年前から「ミニ面綱の会」を発足させ、掌サイズの土産用ミニ面綱を作り、本場所で販売して

みまもり岩に面綱

闘牛開催時以外にも見学者がある「みまもり岩」

木牛ベンチに乗ってパチリ

いた。だから面綱作りの基本ノウハウは、ミニ面綱の会メンバーが熟知していた。ミニ面綱の会会長の平澤昇さん（当時75）が、ジャンボ面綱の芯となる籾殻《ぬかがら》をナイロン袋に詰めたものを用意して持参。布は風雨に耐えられるようナイロン製、長さ二十m×幅一・二mの赤・白・黒三本、藁《わら》は一束五kgを二十束使用。高齢者が指導者となり力がある若者主体で、特製芯を藁の中に入れその上を布で覆いながら縄綯《な》え、長さ十五m、一番太い場所で直径四十三㎝の面綱が出来上がった。

牛に掛ける普通の面綱が約三mであるから、大岩用面綱がいかに巨大であるかが分かる。この時、間野泉一闘牛会長は「老若一緒に力を合わせて作ったことに意義がある。小千谷闘牛振興協議会の心意気を全国に発信して行きたい」と筆者の取材に対して語った。

平成十八年六月場所から小千谷闘牛場で本場所を再開、十九年の初場所は五月三日、ジャンボ面綱はこの日に合わせて四月二十九日、老若の力を合わせて掛けられた。

やはり前述の大学長の発案により、大岩の名前を公募して決めることにした。寄せられた中から選ばれた名は「みまもり岩」。復興を目指す東山を見守る・亡くなった塩谷の三人の児童を見守るなどの意味が込められており、小千谷市にとって素晴らしい名前が付いた。マスコミ受けする話題であったので、新聞・テレビが大きく報じてくれ、中には全国版で取り扱ってくれたところもあり、本場所開催日に関係なく遠方から見学に来る人も多数だった。「みまもり岩」の前には木牛ベンチ、東屋も配され、ここから棚田風景を望める休憩ゾーンとなっている。歩いて数分の所に県指定文化財の木喰《もくじき》観音堂、見学や飼育体験が出来る共同牛舎などもある。

（平成二十三年十月記）

東大教授も仲間に

震災前は小千谷闘牛振興協議会に所属する牛は三十頭に満たなかったが、今は五十数頭になっている。牛のオーナーとなる人が増えたことが一番の要因である。実際の飼育は東山の人達がやるが、牛の購入費、飼育費を出すのがオーナーである。以前から市内の事業主、東山出身者などがオーナーになるケースもあるにはあったもののさほど多くなかったが、震災後その数が飛躍的に伸びており、現在、所属の牛は五十八頭（平成二十三年十月）になっている。新たなオーナーの代表的事例であり先鞭をつける形となったのが、東京大学教授の菅豊さん（48）である。

菅さんが牛の角突きの研究を始めたきっかけは、北海道大学助教授時代の平成八年、学生の卒論指導で南部牛の原産地岩手県旧山形村（現久慈市）を訪れ、翌九年に小千谷入りしたことだった。以来、牛の角突きの習俗と錦鯉を民俗学の立場から研究するために、小千谷通いが頻繁となり闘牛関係者と親しくなっていった。中越大震災が起きると闘牛会の仲間が心配で、十一月初めに駆けつけて避難所を巡って見舞った。そしてそこで、行政が「入ってはいけない」という東山に戻り牛を救出した感動的な話を聞く。菅さんは何とか闘牛会の支援をしたいと、平成十七年一月に東京大学でシンポジウムを開催、間野泉一会長（当時実行委員長）をパネリストに招き、数名の北斗会メンバーも駆けつけた。間野会長の話す地震以降の闘牛会の行動と考え方に聴衆は感動したという。聴衆から寄せられた義援金が闘牛会に寄贈された。

平成十八年八月十九日、白山運動公園仮設闘牛場で牛の角突きおぢやまつり協賛場所が開催され、勢子の中に菅さんの姿があった。すっかり闘牛会の一員となって、勢子専用の法被《はっぴ》・地下足袋《たび》姿で、言われなければ東大助教授（当時）とは分からぬほどに、闘牛会場に溶け込んでいた。勢子長の平澤隆一さんは「菅さんは最初から観光気分ではなかった。既に牛の角突きを熟知しており、動きも全く危なくないので、自然な形で勢子全員の意思で今年から勢子となった」と筆者の取材に答えた。

そして平成十九年四月、念願の「牛持ち」（オーナーのことを地元ではこう呼ぶ）になった。菅さんからこれにまつわるエピソードを聞いた。前年十月の誕生日に奥さんから「プレゼントは何が良い?」と聞かれたので「牛が飼いたい」と答えたところ、奥さんと二人の娘さんはびっくり。了解を得るためにその直後、三人を小千谷に連れてきて入れ込んで

天神と菅教授　写真・闘牛会提供

いる東山を見せ、実際に牛を飼育してくれる川上哲也さん（31＝当時、団体職員）とその家族等に引き合わせ、了解を取り付けた。

牛は平成十八年秋、川上さんが旧山形村に行き〝一目惚れ〟した三歳牛、「飼うならこれ」と決めていた。川上さんは名横綱「小杉」を選び育て上げた実績があり、菅さんは全幅の信頼を寄せていた。牛の名は「天神」と早々につけた。言い伝えによれば、菅家は菅原道真の子孫につながるとか。道真は天神様として祀られ、天神様の使わしめは牛、よって祖先との繋がりを考えてこの名をつけた――と学者らしい説明をしてくれた。

デビュー戦は平成十九年七月一日、天神は初めてとは思えぬ戦いぶりを披露した。牛を引き分けさせ、鼻綱を入れて引き上げる時、菅さんの目から涙が溢れそれをぬぐう仕草を筆者も見て、ジーンと来るものがあったが、それをパチリと撮影する仲間が居たらしく、平成二十年度のカレンダーにその一枚が使われた。残念ながら筆者はシャッターを切らなかった。その時既にこの著を計画していれば、逃さなかったのになぁーと詮なきことを悔いている。

オーナー牛を増やすためにも、共同牛舎は闘牛会にとってかねてからの悲願とも言うべき事項であった。中越大震災復興基金でこの共同牛舎建設を要望した。山古志は一ヶ所で牛をまとめて飼育できる闘牛アパートを、同基金運用により建設した。しかし、小千谷闘牛会はアパート形式ではなく、いくつかの棟に分かれた共同牛舎を要望した。昔からの習俗を考えたなら、牛の個性を重視、飼い主の世話も画一的でないものが好ましい、との考えからである。県は効率性により重点を置き、小千谷闘牛会の要望を中々認めてくれなかった。そこで、闘牛会は菅さんに東京大学教授の肩書きで、要望書を依頼、筆者も提出したあとで読む機会を得たが、学術的でしかも分かり易く闘牛会の「心」が書かれてあった。それが功を奏したのか、小千谷闘牛会の要望は受け入れられ、十一月に総工事費三千四百万円（復興基金五〇％）の三棟十四頭収容出来る共同牛舎が完成した。小千谷闘牛場のすぐ近くで木喰観音堂とも近い場所である。

平成二十三年九月十一日、第十四回全国闘牛サミットが小千谷市で開催された。総会に

サミットで講演

引き続き菅さんによる記念講演会「小千谷の角突きの魅力を語る」が行われた。「天神がきょう午後からの記念闘牛大会で、名横綱の丑蔵と対戦する。本当はここにいるよりも、天神のそばにいたい」と気持ちを吐露しながら「小千谷の牛の角突きの多様な価値の一つは、老若男女を結束させ、私のような外部の人も受け入れてくれるところ。最大の魅力は原則として勝負をつけないで、牛が闘志満々の中を、勢子が妙技によって引き分けさせるところ。楽しみの奥深さがそこにある。勝負をつけない真剣勝負、引き分けの価値を見出す感性が素晴らしい。勢子として、引き分けた瞬間の喜びを体験している」と、蘊蓄《うんちく》ある内容を分かり易く話してくれた。

（平成二十三年十月記）

ＮＨＫアナウンサーもオーナーに

著名人オーナーではＮＨＫの荒木美和さんがいる。ＮＨＫ新潟放送局アナウンサーとして取材に訪れ、闘牛会の魅力に触れて応援することになったらしい。現在は大阪に異動。

平成二十年にオーナーとなり、牛の名を「虎王」としこの年の初場所五月にデビュー。習俗によって女性は牛が戦う柵内の「土俵」には入ることが出来ず、その手前まで牛を引いて来て、それを父に託していた。父は駒沢大学教授の荒木勝啓さんであるが、この人がすっかりその魅力にはまってしまい、もう一頭

闘牛場入口まで牛を曳く荒木さん　写真・闘牛会提供

チェーンソーで瓦礫撤去　写真・闘牛会提供

吉里吉里の人達と。前列左が荒木さん　写真・闘牛会提供

別の牛を求め「雷電」と名付け、闘牛会の法被を着て毎回その姿は闘牛場にある。父だけでなく弟も闘牛場通いを続けている。

荒木美和さんはすっかり闘牛会に溶け込んでおり、様々な交流を展開しているが、特筆すべきは東日本大震災被災地支援であろう。

荒木さんは取材の過程で知ったのであろうと思われるが、五月初旬の段階でほとんど支援の手が届いていない岩手県大槌町吉里吉里地区を闘牛会に繋いだ。荒木さんの要請によりチェーンソーを数台持参。闘牛会と東山五人杵搗き餅保存会の十八人は、チェーンソー、臼や杵を積んだトラックと、小千谷市社会福祉協議会から借りたマイクロバスに分乗して、五月七日午後十時に出発。最寄の高速道インターチェンジから二時間もかかる場所で、一行は八日午前六時頃ようやく着いた。

一行は一休みすることもなく、瓦礫《がれき》撤去と餅搗きに分かれて作業を開始。荒木さんが〝先遣隊〟として適確な指示を与えてくれたので、チェーンソーを使い、避難所で風呂の薪に使用出来るよう、また、片付けやすいように手際よく作業を進めた。後日談であるが、闘牛会が瓦礫の中から木材を取り出し薪として使用出来る長さに切り束ね、積み上げておいたところ、それを見た関西のボランティアが「被災地支援のため薪として購入を」と訴えたところ、かなり反響があったという。しかし、〝飴の銭より笹の銭〟、運搬賃が高くつき金額はさほどでもなく、瓦礫片付けに多少貢献した程度だったらしい。それよりも大勢の暖かい心が被災者に届いたに違いない。

餅搗き班は搗きたての餅を避難者の女性陣と一緒に雑煮にして、約二百人に振舞った。炊き出しに訪れるボランティアが少ない地区だけに、中には涙を流して喜ぶ高齢者や女性もいたという。

数日前の五月三日の初場所会場に、義援金箱を設け来場者に協力を呼びかけたところ、九万七千円余りが寄せられ、闘牛会がちょうど十万円にして大槌町に見舞金として届けた。

荒木さんのコーディネートのお陰で滞在の約六時間を目一杯有効利用して、八時間の帰路に着いた。翌日、新潟で仕事があるとかで荒木さんもマイクロバスに同乗、小千谷に到着して下車する際に、「皆さんありがとうございました」と涙ながらに礼を述べ、一行を再び感激させた。

同行した平澤忠一郎闘牛会実行委員長は「中越大震災で我々が多大な支援を受けたので、その恩返しの気持ちで被災地慰問をしたく、いてもたってもおられぬ時に荒木さんから声がかかった。被害の程度で立ち直り度合いも異なり、今回の吉里吉里地区は絶望から立ち直っていない人が多かったよう。片道たっぷり八時間かかったが、中越大震災時、神戸など関西の人も同じ時間を要して小千谷に駆けつけてくれ、その時の苦労と気持ちが分かっ

全国闘牛サミット記念闘牛大会セレモニーで司会を務める荒木さん

た」と筆者に語ってくれた。

荒木さんは平成二十三年九月十一日午後一時から小千谷闘牛場で開催された全国闘牛サミット記念闘牛大会のセレモニーで司会を務めてくれ、全国各地から来場した闘牛関係者を羨ましくさせたであろうし、一般来場者にはまたとない一つのイベントとなったであろう。

（平成二十三年十月記）

高齢者四人で長寿号

外部からの支援ではないが、震災後の闘牛会を明るくした話題の一つに「長寿号」がある。

震災により東山を離れざるを得ない人達も多かった。市街地に出た人にとって、牛持ちになる事は実際の世話及び費用負担などの面からかなり困難なものとなる。間野闘牛振興協議会長の「高齢者が共同購入して飼えば」の一声で、牛好きの仲良し四人が動いた。岩手県山形村から平成十九年四月、天神などと一緒に導入されてきた。高齢者四人が共同オーナーであることから「長寿号」と名前がつけられた。

四人の内二人は地震後、市街地に引っ越していた。長寿号が小千谷にやってきた時の四人の年齢は平澤清一さん(75)、廣井輝千代さん(74)、廣井久さん(70)、廣井富徳さん(67)。東山の蘭木に住まいがある輝千代さんの家の牛舎で飼うことにした。四人は毎日のように集まり、餌となる草刈や長寿号の運動のための散歩を行ない、お茶呑みしながらイキイキ

高齢者四人で長寿号

左から富徳さん、久さん、平澤さん、輝千代さん。

と牛談義を楽しむようになった。四人の姿を見て多くの人が「生き甲斐を持つ超高齢化社会のモデルケース」と絶讃した。共同購入・飼育を勧めた間野泉一会長は「今まで若者の北斗会が共同飼育したり、牛を通して団結力を発揮してきたが、高齢者の共同購入・飼育は初めて。モデルケースとして拡がれば嬉しい」と筆者の取材に答えた。

四人の牛談義に聞き入ったことがあるが、実に面白く時間が過ぎるのを忘れてしまうほどだった。▽牛を運動のため散歩に連れ出すと、往路は歩みがゆっくりであるが、復路は牛舎に帰れるのがよほど嬉しいとみえて飼い主が付いて行くのがやっとなほど速くなる。▽飼い主の言動や自分の家の車のエンジン音で、牛の角突き本場所の日が分かるのか、ト

輝千代さんと長寿号

ラックの近くまで連れて行くと自分から荷台に飛び乗る。ところが、高齢となり業者が買い取りに来た時は、梃《てこ》でも動こうとしない。そんな時は数人がかりでやっと荷台に乗せるのであるが、大きな目から涙を流す。それを見た家の女衆も涙を流す。▽性格のおとなしい牛、気の荒い牛様々。筆者に向かい「おさま（方言＝あなた）、あの牛を牛舎に繋がれて動けない時に、箒《ほうき》の柄かなにかで思い切りしゃいで（方言＝叩く）みらっしゃい（方言＝みなさい）。おさまのことを覚えていて、後に立った時を狙って蹴り上げられるぜ」。▽現に四人の中の牛舎の持ち主輝千代さんが、その気の荒い牛にやられた。牛を飼い始めたのは意外に近年で、地震後の平成十七年から。無性に牛を飼ってみたくなり、周囲の「住む家をどうしようかという人がいるこんな時期に」との声もあったが、こんな時だから元気を出さねば、との反骨精神もあり決断した。前述した市街地の白山運動公園に仮設闘牛場が設置される以前だった。後日、他の牛持ちから「先鞭をつけてもらい勇気を与えられた」と感謝の言葉が届いた。

閑話休題。その気の荒い牛は預かっていたのであるが、ある日、輝千代さんが自分の持ち牛を運動の散歩に連れ出した。するとその気の荒い牛がモォーモォーと鳴き、散歩の最中も随分遠くまで聞こえた。後で考えると、よほど自分も散歩に行きたかったのだと分かる。牛舎に戻り、以前間野会長から「牛舎に入れる時は格上順に」と教わったとおりに、気の荒い牛から入れようと、片方の綱を取った瞬間に角で突き上げられ数m飛ばされ、地面に叩きつけられ、倒れた自分の鎖骨あたりを角でグイグイ押し付けてきた。骨がミリミリと音を立てて折れるのが分かった。片方の無傷の腕で後ずさりして角が届かないところまで逃げて危うく命拾い。その傷跡も見せてもらった――などなどである。

長寿号はとてもおとなしい性格である。戦いぶりはまずまずで決して弱くはないが、相手に合わせてしまう傾向があり、強い牛に対しては全力で挑み、鼻綱（牛の急所は鼻）をつけたまま横綱牛に練習をつけてもらっている時など、最初、横綱牛は格下の長寿号を軽くいなし遊ばせているが、長寿号が本気で諦めず挑んでくるものだから、やがて横綱牛も

長寿号も久さんを見送る。左・輝千代さん、右・富徳さん

本気になってきて、慌てて牛持ちが横綱牛の鼻綱を引いて戦いを終わりとする。ところが、格下、同程度の牛に対しては適当に力をぬいてしまうのである。

四人の共同オーナーを嬉しがらせたり気をもませたりの長寿号ではあるが、体重は順調に増え、これなら本場所で大関・横綱級の牛に挑戦できるという段階まで来た矢先、オーナーの方に異変が起きてしまった。平成二十二年四月、一番年上の平澤さんと廣井久さんが相次いで病没してしまった。その時の残された二人の落ち込みようは傍で見ていても気の毒であった。蘭木在住の輝千代さんと地震後に復興団地に移った富徳さんは、長寿号を連れて一緒に出棺を見送った（写真）。その後、周囲の励ましと何よりも亡くなった二人の遺族が今までどおり共同オーナーとして協力することを約束したことが大きかったようで、残された二人は徐々に元気を取り戻した。

二人の姿は毎回の本場所に長寿号と共にある。この二人の他にも老いてもなお牛持ち続行者もいるし、老後の楽しみとして新たに牛持ちとなった人もいる。闘牛場まで牛を曳《ひ》いて来て、対戦中は安全な場所で控え、戦い終わると自分の牛のところへ行き、健闘を労《ねぎら》い綱を伸ばして誇らし気に場内を引き回す。その晴れがましい表情は見ていて羨《うらや》ましくなるほどだ。闘牛関係者及び東山の地域力を感じる瞬間でもある。

(平成二十三年十一月記)

学校牛「牛太郎」

東山小学校は平成十四年四月に開校した。東山地区にあった塩谷小学校、南荷頃小学校、小栗山小学校の三校がいずれも完全複式を余儀なくされていたため、その解消策として統合して東山小学校が誕生したのである。三校統合しても児童数は僅か七十二人でしかなかったが、複式学級は解消された。小栗山小学校跡地に木をふんだんに用いた温かみのある校舎が完成した。小千谷闘牛場にも近く、東山の代表的文化の一つ闘牛を学校牛として飼うことになった。

筆者は行政サイドの名案と支持するが、実現するまでにはかなりの難産だった。市議会でもめたのだ。東山から市議が一人選出されており、当時議長だったので〝議長の力で当局を動かした〟或いは〝議長の手柄となっては困る〟とでも思ったのか、「平等性に欠ける。他の新しい学校建設にも同じようなことを実行するのか」「子供達に怪我をさせたらどうする」等々の意見が続出した。傍聴席で聞いていて全く馬鹿げた物言いとあきれていた。も

東山小学校前の牛太郎　写真・小千谷市提供

っともらしい意見を述べているが、その出発点は嫉妬《しっと》でしかないと感じたからだ。こんなことを言うとジェンダーフリーを声高に叫ぶ人達に糾弾《きゅうだん》されてしまうかも知れないが、男の嫉妬ほどみっともも無いことはない、と常々思っている。人間である以上、その感情は皆持ち合わせているだろうが、自分の心の中で処理し、表に出さぬように出来るかどうかでその人の評価が変わる、と確信する。

それにもっと広い視野で判断すべきだ。市会議員であるなら、小千谷市全体の利益になるかどうかで判断すべきであろうに。市当局は「飼育する場所は学校から離れた場所。世話は闘牛会に任せる」と説明しているのだから、「安全には最善を尽くせ」等の意見であれば分かるが、反対のための口実にするのはど

交通安全にも一役買う　写真・小千谷市提供

うかと思う。最後は市長の「従来の学校統合では、教育環境整備の名の下で地元から様々な要望が出されたが、今回の東山小学校に関しては、それに類する要望はなかった。東山伝統文化を子供達の情操教育に役立てたい」旨の強い意見に姦《かしま》しかった市議等も黙った。

平成十四年四月の入学式に牛太郎が校門前で新一年生を出迎え、一緒に東山小学校に入学。全国初めてのケースであるから、新聞・テレビの取材が殺到した。一ヶ月後の五月三日、初場所で牛太郎はデビューした。取り組み一番目に登場、六年生十四人は闘牛会から贈られた水色の揃いの法被で牛太郎を牽《ひ》いて闘牛場入り。三歳、体重七百kgで横綱級の一tと較べるとまだまだ小ぶりな感じは否めなかったが、一回り大きな牛に終始押され気味であったものの一度も角を離すことなく良い戦いをして、来場者から大きな拍手を受けた。この時も新聞・テレビが大勢取材にやってきた。その後も牛太郎は事あるごとに取り上げられ、「小千谷」を大いにPRしてくれた。算出する術《すべ》を知らないが、PR費用はかなりの額になるのでは。それ以上に地域住民に郷土を愛する心の涵養《かんよう》に役立ったと確信する。

繰り返しになるが、「平等」は重要ではあるが、それが過ぎると伸びる芽まで摘んでしまいかねない場合がある。特に嫉妬により抜きんでようとする者の頭を抑えつけたり、足を引っ張ろうとする行為の理由付けに利用されてしまうケースがあり、牛太郎を巡る小千谷市議会はこれだったと思う。

その後の牛太郎の戦い振りはあまり芳しくない。ちょっと戦うと角を離して、敵前逃亡してしまうのである。場内アナウンサーが「牛太郎は学校で先生からみんな仲良くしなさい、と教えられているので戦いがあまり好きでないのです」と名解説、場内から笑いと再び大きな拍手を受けている。

しかし、人に危害を加えずおとなしい性質であり、「学校牛」が注目を集めるので、交通安全運動には「飲酒運転は　モーしません！」などと書かれた大きな布を胴体につけて参加、各種イベントにも引っ張りだこ、社会貢献度は抜きんでている。そして本場所での声援はどんなに強い横綱よりも大きく、人気No.1である。また中越大震災から復興に進む際も住民に勇気を与えたのではなかろうか。

平成二十三年夏、牛太郎を中心にした児童書『ぼくらは闘牛小学生！』（佼成出版社、堀米薫著）が出版された。感動的な作品である。著者は東日本大震災被災者でもある。牛太郎についてはこの著をお勧めしたい。

（平成二十三年十一月記）

サミットでも小千谷らしさ

北は岩手県久慈市から南は沖縄県うるま市まで、全国六県九市町の闘牛主催団体と当該自治体で全国闘牛サミット協議会を組織、会場持ち回りでサミットを開催している。第十四回全国闘牛サミットが平成二十三年九月十一日、小千谷市で開催された。九、十の両日、世界一の四尺玉花火で有名な片貝まつりに合わせてこの日を選んだ。

十日は幹事会・パーティーを開催、市街地から七km程離れた片貝町に移動して花火大会を楽しんだ。翌日午前からサミットが開かれた。議事はいつものように順調に進むはずで、そのために前日の幹事会を開催していたのであったが、紛糾してしまった。A地区とB地区が来年の開催地に立候補して一歩も引かぬ事態となってしまったのだ。

第十四回サミットの事務局は開催地の小千谷市商工観光課が担当、来年の開催地を決めるに当たり数ヶ月前に各地にアンケート調査したところ、希望したのはA地区だけだった。前日の幹事会（行政関係者）でも、B地区は声を上げたものの事務局が経緯を説明するとスンナリと引き下がった。ところが、本番のサミットでB地区は、強く開催希望を訴えて譲る気配がなかった。察するに行政は道理を重視してすんなり引き下がったものの、宿泊ホテルで闘牛主催者から強く抗議を受け、態度を豹変《ひょうへん》させたのではなかろうか。これはあくまでも筆者の個人的憶測であることを断っておく。

B地区の首長と闘牛主催者は見事なタッグマッチで「幹事会よりも本会議の方が優先される」「この場でゼロから話し合いを始めるべき」との論旨を主張、他の自治体は予期せぬ事態に驚いて事務局に経緯を説明させたり、A地区にも発言させるなどした。両地区とも来年、高速道路開通や闘牛施設完成などの開催したい理由があることが分かった。

傍聴していて、アンケートで立候補しなかったB地区が下がるべきなのでは、と思って成り行きを見守ったが、B地区の闘牛開催団体代表は「今まで事前アンケートなど聞いたことがない」と事務局に不手際があったごとくの物言いをした。そんなことがあるはずがない、と筆者は思ったが、事務局は反論しなかった。すると昨年開催地の事務局が「前回もアンケート調査をした」と発言。他の自治体も〝証言〟してくれればいいのに、と思っていたところB地区の首長は「我々はアンケートを見ていない。事務局は何故、〝アンケートの回答が来ていないが〟と確かめなかったのか」と述べた。他の自治体首長の発言ならば、首肯する人もいるかも知れないが、当該自治体関係者の発する言葉ではないだろうに。

会場は重苦しい雰囲気に包まれたが、小千谷闘牛振興協議会の間野泉一会長が「牛は戦っても、人間は仲良くするのがこのサミット。議論や多数決ではシコリが残る可能性がある。当該の両首長と今回の議長である小千谷市長の三人で、別室協議を」と会場の雰囲気を和ませながら提案、大多数の賛同の拍手を得た。すると今度は小千谷の平澤忠一郎実行委員長が「サミット開催を希望する地が多い事は、サミットの価値を示すもので喜ばしいこと。但し、今までの事務局の役割があってこそのサミット、事務局の働きがなかったら運営できなくなる」とこれまた極めて常識的な発言をした。

間野会長と小千谷のイメージキャラクター「よし太君」

十分間の休憩時間を

サミット記念大会で「闘牛の歌」を披露する東山小学校児童

とり、三首長は別室で協議、十分を待たずすぐに戻ってきた。谷井靖夫小千谷市長は「これからも仲の良いサミットであるべきなので、くじ引きで決めることにした」と提案、これまた圧倒的多数の拍手の支持を受け、皆が見守る中くじ引きが行なわれ、A地区に決まり、当該の二人の首長は仲良く握手して円満解決となった。本会議が大幅に延長したことから、菅豊東京大学教授の記念講演会は短縮されてしまい、これを目当てに来た人達をがっかりさせたであろうが、教授の話は短くとも小千谷の牛の角突きの魅力をきちんと聴衆に伝える内容だった。

午後からの記念闘牛会も良かった。セレモニーではNHKアナウンサーの荒木美和さんが司会、東山小学校児童の「闘牛の歌」演奏と合唱。本番では同校の学校牛「牛太郎」、地域の高齢者がオーナーの「長寿号」も登場。勢子の中には菅教授の姿もあり、幕間《まくあい》には岩手県大槌町吉里吉里地区の代表者、『ぼくらは闘牛小学生！』著者の堀米薫さん（宮城県）がマイクをもってそれぞれの思いを語るなど、実に小千谷らしい広がりのある記念闘牛会になった。

（平成二十三年十一月記）

小雪ちゃんのこと

平成二十二年、世界一の四尺玉花火で有名な小千谷市片貝町に、小雪ちゃんという四歳の女の子がいた。小雪ちゃんは生まれながらにして難聴で、長岡市の聾《ろう》学校に通っていた。その聾学校ではより広い付き合いがあった方がその子に良い、との考えから交流保育を実施していた。小雪ちゃんは前年から毎週金曜日に地元の片貝保育園に通っていた。

小雪ちゃんの母方の祖母（54）が六月、片貝保育園に通う小雪ちゃんと同い歳の子がいる家に用事に出かけた折、その家の大ばあちゃん（保育園児の曽祖母、92）が手話をするのにびっくり。聞けば、小雪ちゃんが交流保育で片貝保育園に通うようになったので、そのクラスでは手話を園児に教え、習得してきたひ孫から習ったのだという。

小雪ちゃんのおばあちゃんはすっかり感激、家に戻ると主人にこのことを話した。実はこの夫婦は中学生時代の同級生、そして筆者とも同学年である。二人とも筆者と同じ学校になったことは無いが、共通の友人を通して昭和五十年代後半から親しくしていた。旦那の方から筆者に連絡があり、この経緯《いきさつ》を語りながら「紙面で取り上げよ」との依頼だった。筆者も話を聞きながら感激、「耳が不自由なことも一つの個性」と筆者の考えを伝えると、「自分もそう思う。小雪が保育園に通うことで、他の園児にも良い結果になると思っている」と二人の考えはほぼ一致することが分かった。

数日後、片貝保育園へ行き改めて取材した。市内の全ての市立保育園で手話歌を教えており、遊戯会などで発表することもあるという。四月から小雪ちゃんが毎週金曜日に通うことになったクラス担任のS先生は、小雪ちゃんのお母さんから手話テキストを借りて、園児に簡単な手話を教え始めた。子供達の吸収力は素晴らしく、何の抵抗もなくすぐ〝日常〟に取り込んでしまう、とその先生自身が驚いていた。筆者は「気をつけている事は?」と質問すると「気をつけないで、自然にすること」との答え。これには筆者が感服した。園児たちに「小雪ちゃんは後ろから声を掛けても聞こえ難いんだよ。前から話しかけようね」と話すとそれだけで事足りる。大きな音や声は聞こえるし、読唇ができるので、正面からであれば友達の話は全て理解できるのだという。小雪ちゃんと園児等は何の特別な意識もなく、仲良く保育園生活をおくっている。

感激した筆者は、保育園から小雪ちゃんの祖父母の元へ直行した。S先生は聾学校が日曜日に実施した交流保育受入先の先生方を招いての参観日にも参加してくれたことなどいくつかの事例を紹介しながら、「全て前向きに捉えてくれ、そこには心がある」と感謝していた。

（平成二十三年五月記）

東日本大震災に小千谷市民がとった行動

言葉を失う大惨事

平成二十三年三月十一日、この日は日本の歴史に永遠に刻まれることになるだろう。

筆者は現地入りしていないが、発災直後、被災地に足を踏み入れた人達は異口同音に「震源が沖合い百㎞だったので、揺れそのものによる被害はさほどでもなく、平成十六年の小千谷市の方が酷《ひど》い。しかし、津波に襲われた地区の被害はすさまじく、街が根こそぎやられ、まさにゴーストタウン、言葉を失った。あの惨状を見たら我々中越大震災の被害はちっぽけで、蚊が刺したようなもの」の内容を語る。

平成十六年の我々小千谷市民も「果たして復旧復興出来るのだろうか」と思ったが、当時の人口四万二千人に対する死者は十九人、今回の津波被害を受けた自治体と較べれば二桁も三桁も違う。我々は全壊家屋も多かったが、全財産を失ったわけでは無かった。東北沿岸部の人達は財産を根こそぎ、働く場所も一遍に失くした人が多く、まさに想像を絶する。加えて福島の原発事故が、混乱と悲惨さに拍車をかけている。

平成十六年の中越大地震を体験したので、東北地方の被災者の痛みをより理解できるからだと筆者は思っているが、東日本大震災に小千谷市及び小千谷市民の取った行動は出色の出来だった。それらを読者にも知らせたいと思う。

（平成二十三年八月記）

被災者の民泊受け入れ　「感謝は他に施して」

富士常葉大学の協力を得て発足した「中越大震災ネットワークおぢや」は、東日本大震災でも発災した三月十一日のうちに先遣隊を派遣、その後も罹災証明書発行のアドバイスや指導を行なうなど活躍している。

この組織とは別に、小千谷市独自でも様々なことを展開していった。その最初が平成二十三年三月十四日に打ち出した被災者の民泊受け入れだ。

地方都市の生き残り策として、交流人口増は最重要事項の一つであろう。震災により小千谷市の農村部の人口減少速度が数年早まったと言われている。小千谷市はその活性化策として、首都圏中学生の農村体験旅行を受け入れている。農家が数人ずつの中学生を自宅に泊めて、様々な農業体験を提供するもので、都会の中学生が農村体験によって、普段学校でめったに見せないような本来の素直さや中学生らしさを現わすなど、何かしらのドラマを生み出しているらしい。小千谷市にこの受け入れの下地があることから、このシステムを避難者受け入れに応用し、期間は一週間とした。

テレビを初めとするマスメディアが伝える被災地の状況は、あまりにも悲惨で、これは恐らく第二次世界大戦以来の大きな打撃であろうと誰もが考えたに違いない。小千谷市当局は、心に大きな傷を受けた被災者を心温かく迎え入れたいと考えての実行で、そこには「心」が存在していたと賞讃したい。三月十四日、中学生の農村体験受け入れ農家を中心に、広く市民に被災者民泊を呼びかけたところ、最終的に二百八十九軒で総計千二百三十人受け入れ可能という数字になった。

全国的に極めて珍しい試み（全国初という説もあるが、筆者には確かめる術がない）であったからか、マスコミがいち早く取り上げてくれた。この情報を頼り福島県浪江町の三世帯十三人が、三月十五日に小千谷市を訪ねてきた。福島第一原発のすぐ近くで、津波襲来直後に「福島第一原発事故で放射能漏れ」の噂が飛び交い、危険と判断した親戚数軒が浪江町を脱出、福島市の避難所に逃れたがそこも満杯となったので、親戚宅がある新潟県柏崎市を目指した。しかし、大勢が一緒に頼る事は困難と思案していたところ、「小千谷市の避難者民泊受け入れ」の情報を知り、頼ってきたとのこと。小千谷市当局は若栃という中山間地にある農家民宿「おっこの木」に繋いだ。

「おっこの木」は中越大震災後、地域興しグループ「わかとち未来会議」（細金剛代表）

が活動の一つとして、新潟県中越復興基金を利用、空家となった古い農家を買い取り、手を加えて農家民宿とした。グリーンツーリズムの権威、青木辰司東洋大学教授によると、空家を復興基金という公的資金利用で農家民宿にする手法は素晴らしく全国初、とのこと。

閑話休題。筆者は三月十六日午前、「おっこの木」を訪ね、浪江町の人達を取材した。代表が「昨夜は震災後初めて布団の中で眠ることが出来た」と謝意を口にしながらも「先のことは何も考えられない。浪江町にはもう帰れないかもしれない」と沈んだ表情で語っていた。

それでも、わかとち未来会議メンバーの心温まる対応により、三日目頃から浪江町の人達の表情に明るさが出てきた。元気が出てきたのを見て、未来会議は宴席を開いた。宴《うたげ》が進むうちに浪江町のリーダーが泣き出してしまい、「この恩はどうやって返せばよいか」と吐露した。これを聞いた未来会議メンバーは「私達に返す必要はない。出来ることを他の人に施せばよい」とアドバイス。話すうちに、「放射能汚染で浪江町に帰れないのだから、どこかでボランティア活動をしたい」と希望し、そこに居合わせた寺島義雄さんが「仙台なら既にボランティアセンターが開設されている。そこへ行き、事情を話せば寝泊りしながらボランティアが出来る」と伝えた。リーダー夫婦は仙台市へ、他の人達はそれぞれ子供や親戚宅を頼ると言って一週間経たないうちに「おっこの木」を後にした。

寺島さんは新潟県妙高市在住。中越大震災時に小千谷市に来てボランティアセンターの中枢で活躍。ボランティア関連のＮＰＯに所属しており、地域興しのノウハウを備えていることから、わかとち未来会議にアドバイザー的存在として加わっている。寺島さんは「民泊での受け入れは、震災を受けたばかりの人達の心を癒す上で画期的な手法。笑顔が戻れば、これからの避難所生活や様々な苦難に耐えて行けるのでは。全国のボランティア仲間にこのノウハウを発信したので、今後各地で取り入れられると思う」と小千谷市の取った支援策を称えた。

小千谷市も今回、一声かければ二百八十九世帯が千二百三十人の被災者受け入れ可能、という実態を把握出来て後々に役立つことであろう。

（平成二十三年八月記）

心をほぐした小学生の手

前述したが、杉並区と小千谷市は平成十六年五月に災害時相互援助協定を結んでいる。杉並区は福島県南相馬市とも同様の協定を結んでおり、その関係により杉並区から「南相馬市の被災者を受け入れて」と要請があった。実はちょうど新潟県は福島県の避難者受け入れを打ち出し、県内市町村に受け入れを打診しており、小千谷市はいち早く手を上げていたが、なかなか事が運ばず「どうなっているのか」と待ち構えているところだったので、杉並区に対し了解の返事をした。南相馬市からの避難者が到着した数日後に新潟県の受け入れが始まったので、結果的に県内で小千谷市が一番早い行政間で行なう避難者受け入れとなった。

三月十七日夜、南相馬市を中心とする百八十八人が大型バス四台で当市に避難して来た。到着した避難者は先ず小千谷サンプラザに集結し、健康チェック、七日間の民泊先を決めた。筆者は取材でその場にいたのであるが、着の身着のまま逃げてきた、ということが分かる状態で表情にも疲れ・やつれが見て取れた。小千谷市は「災害時における応急救助活動に関する協定」を結んでいる市内の量販店から下着を中心とする衣類を取り寄せ用意しておいたし、市保健師がかいがいしく健康状態を聴き取ったり、相談にのったりしていた。それらのこともさることながら、一番感心したのは避難者を大まかに福島での居住地単位ごとに受け入れ先を分けたことだった。

避難して来た人達の中には、津波でかけがえの無い家族を亡くした人、家を持ち去られた人、津波の被害は受けず原発事故の放射能汚染から逃れてきた人など様々な人がおり、心の痛手の差もかなりある。境遇の大きく異なる人同士が近所に宿泊したら、お互いに気まずい思いをするやも知れない。それらを考慮して福島での地域ごとに分ければ被害程度が近い人同士にかたまれるだろう、また元々の地域コミュニティも発揮され被災者が孤独になることもないだろうと考えてのことだった。疲れている被災者を一刻も早く休ませてあげたい、を優先させればくじ引き等の方法もあったであろうが、自分達の仕事が煩雑となる方を敢えて選んだ市職員の心配りに、思わず拍手を送りたくなった。

前述した若栃地区には南相馬市下渋佐地区の六世帯二十二人がやってきた。わかとち未来会議会員の六軒に分かれて一週間を過ごした。下渋佐は約五十世帯全てが津波に流され、四十人が亡くなった悲惨な地区。若栃に来た人達の中には、水門を閉めに行って犠牲になった南相馬市職員の家族もいた。一旦逃げたものの、貴重品を取りに戻って命を落とした人もおり、「今までの経験から、今度もたいした津波ではないだろう、と誰しも考えたのでは」と後日、リーダーの男性が語っていた。

若栃に民泊した人達は昼、農家民宿「おっこの木」に集まってお茶飲みが出来、同じ地域の顔見知りが一緒にいることで、多少なりとも安心感が得られたものと思う。未来会議の人達が先ず行なったのは、薬常用者の世話だった。小千谷市街地の病院まで連れて行き処方箋により薬をもらうのであるが、若栃から市街地まで約九㎞あり、車での送迎、病院での世話など手分けして実施、病院に留まって世話した人は夕方までほぼ一日がかりだったという。

温かいもてなしをしたが、前述の浪江町の人達のようにすぐには表情に笑顔が戻らなかった。それだけ悲惨な体験をし、絶望を感じているという証左でもあった。寺島さんやリーダー達は「一週間たって、このままの状態で市が総合体育館に設営する避難所に移していいものか」と悩んだが、小千谷市が予《あらかじ》め〝一週間〟と期間を決めている以上、例外は恐らく認められないであろうと察しがついた。

そんな時、偶然にも救いの手が差し伸べられた。それは小学生であった。

六日目の三月二十二日、市内の整体師のHさんがボランティアとして朝から被災者の体をほぐし、心をリラックスさせようと若栃集会施設で活動していた。そこへ市街地の東小千谷小学校五年生五十九人がやって来た。

小千谷市は田園都市であるが、市街地の子供は田植え・稲刈りを初めとする農作業を体験したことのない子がほとんど。小千谷市は首都圏中学生の農村体験に力を入れているが、東小千谷小学校は五年生の総合学習の中にこの農村体験を取り入れることを考え付いた。小千谷市農林課がわかとち未来会議を紹介して平成二十二年度から開始した。首都圏中学生のようにある一時期だけの農村体験でなく、田植えと稲刈りは民泊、その他に日帰りで三回訪れ米作り全体の流れを体験学習、高齢者を初めとする若栃の人達との交流をも体験しようという企画である。年度末にその体験学習の集大成として活動を〝お礼の巻紙〟としてまとめ、届けにきたのである。

事前に「南相馬市の被災者が集会施設に集っている」と伝えたところ、「そこでなにかボランティア活動をしたい」との返答だった。折りよく整体師が活動していたので、児童もそれに加わった。するとどうだろう、小さな手で肩を叩いてもらっている高齢者の表情が柔らかくなり、児童と語るその表情に明るさが戻ってきたではないか。これにはそこに居合わせた寺島さんやわかとち未来会議メンバーもびっくり。「子供達の小さな手、子供達との触れ合いには大きな力がある」と筆者に聞かせてくれた。「これで、この南相馬市の人達もこれからの避難所生活、長い苦労にも耐えて行けるだろう」とボランティア経験豊富な寺島さんは安堵した。わかとち未来会議代表の細金さんは「あまりにも悲惨な境遇でどう接してよいか分からなかったが、若栃にいる間に笑顔が戻って良かった。これから元気を取り戻して自立に向かって歩き出すことを願っている。若栃との絆が出来たので、時々おっこの木に集まって交流したい」と筆者に語り、それを記事にして読者に届けた。

また、東小千谷小学校五年生は自分達で折った千羽鶴を、前述の水門を閉めに行って命を失った人の息子が同じ五年生だったので、大勢が見守る前でこの男児に手渡すセレモニーを行なうことが出来た。

（平成二十三年九月記）

五人杵搗き餅で激励

わかとち未来会議だけでなく、小千谷市民は心を込めた受け入れで被災者を励ました。市街地のある家庭に民泊した人は肉親と連絡が取れないでいた。受け入れた家庭ではインターネットなどを駆使して探し出してあげた。そんな中で特筆すべきは東山地区だ。

東山地区には十二世帯四十五人を民泊で受け入れた。同地区は中山間地で、錦鯉発祥の地・原産地であるが、昔から五人程度で杵搗き餅を仕上げる伝統的な〝技〟が残っている。五人が時計回りに順番にリズミカルに杵を打ち下ろし、あっと言う間に餅が搗きあがる。臼の中で餅が踊る状態になるので、水をつけて返す必要がないため、キメが細やかでコシが強くとても美味である。しかし、近年ではこの五人杵搗きは極《ごく》限られた世帯やグループでしか行われなくなっていた。中越大震災で甚大な被害を受けた同地区は、約三百あった世帯が地震後半分の約百五十世帯となった。東山地区振興協議会は活性化の一策として「東山杵搗き餅保存会」を結成して活動している。

五人杵搗きを避難者に披露

東山で民泊した避難者にこの独特の搗き方を披露、搗きたての餅を食べて元気を出してもらおうという企画が、民泊五日目の三月二十一日（春分の日）午前十一時半から東山住民センターで開催された。

当時の協議会長として保存会発足を中心となって進めた片岡哲太郎さんは「当地は山しかないが、ゆっくり心身を癒して」と挨拶、谷井靖夫市長も駆けつけ「東山の人達の優しさで被災者の皆さんの癒しになれば」と語った。受け入れ家庭の一つで全日本錦鯉振興会（事務局は小千谷市にある）理事長で、小千谷闘牛振興協議会長など多くの要職をこなす地域のリーダーの一人・間野泉一さんが「五人搗きは水をつけて返す必要がなく、コシが強くキメ細やかな餅になる。杵から餅を紐で離すのも見せ所」と解説。若い男性陣が主体となってあっと言う間に搗きあげると大きな拍手が湧き起こった。搗きたての餅を女性陣が雑煮・餡子・きな粉・大根おろしなどにして提供した。

生唾を飲み込みながら取材していたのであるが、すぐ近くにいた小学一年生男児に聞くと「美味しい!」、その伯父(46)は「こんな贅沢をさせていただいていいのかな。感謝でいっぱい」と語ってくれた。〝コシ・キメ〟に関するコメントを取りたくて、筆者から少し離れた場所にいたかなり年配の男性と視線があったので「いかがですか?」と聞くと、両腕で大きなマルを作ってくれた。その仕草を見てこちらに何かしらホンノリと温かいものが伝わってきた。

(平成二十三年九月記)

アニマルサポートの活動
犬《ワン》ちゃん主人の許へ

民泊の一週間が終わると小千谷市は総合体育館を避難所として避難者に移動願った。このタイミングもちょうど良かったのではなかろうか。お互い心地良い関係のまま終了出来、良き関係でいればその後の交流も続く。

小千谷市も一週間のうちに避難者それぞれの被害程度をかなり把握、福島県に住んでいた時の住所で、甚大な被害地区とさほどでもない地区の二つに分け、サブアリーナと武道場に入ってもらった。これも細かな心配りと言えるし、地区別であればある程度のコミュ

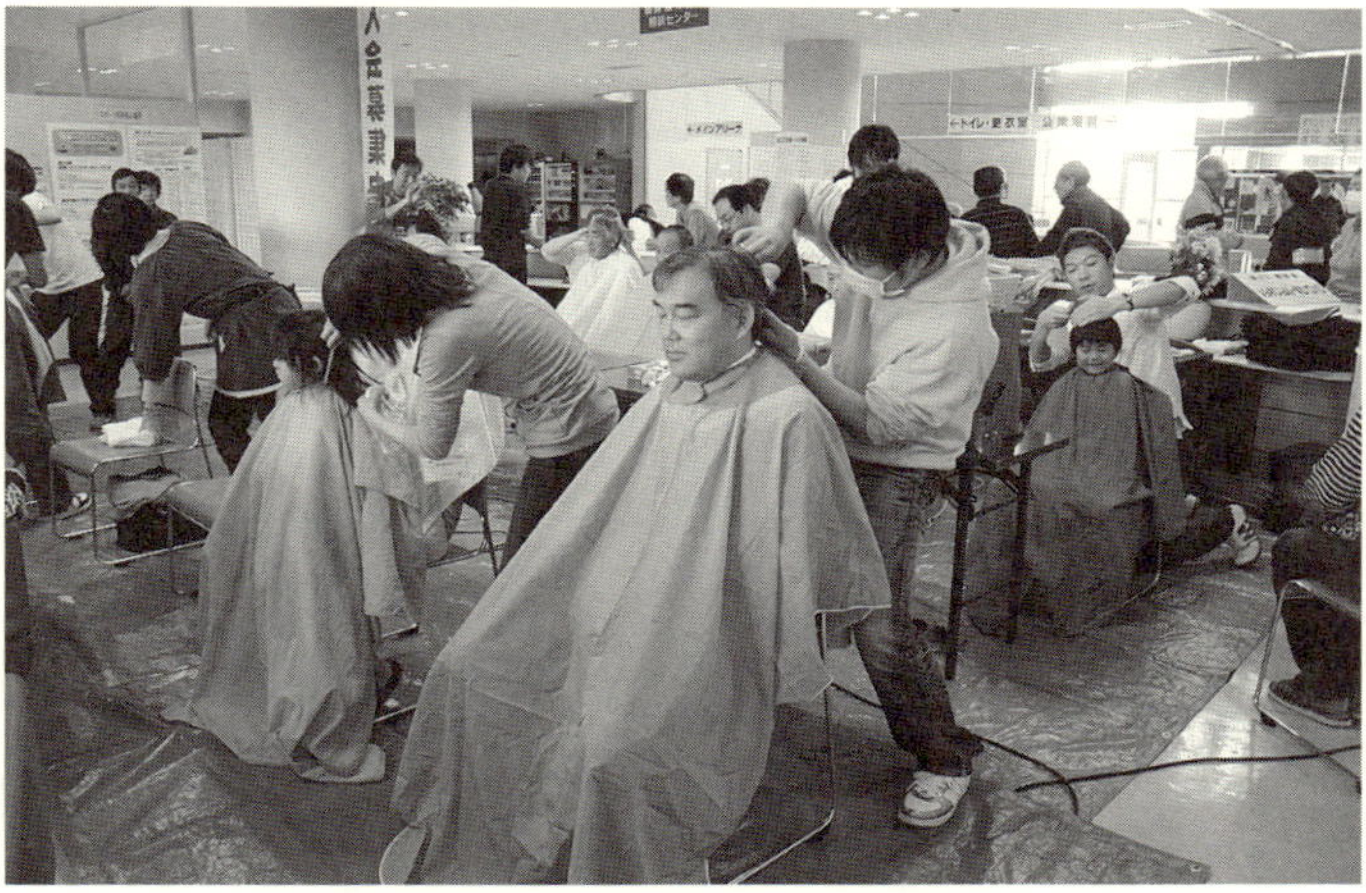

理容組合のボランティア活動

ニティーも発揮するものと期待してのものであったが、事実そのとおりになったようである。民間のグループも支援に動いた。一日に最低一回は汁物を届けようと、NPO災害サポートおぢやの呼びかけで、実に多くの団体が参画してNPOの調整の下、メニューに変化をつけて、順序よく提供した。

理容・美容組合のヘアーカットボランティアなど職種を活かした心温かい支援も多かったが、筆者が「細やかな心配り」と感服したのが、おぢやアニマルサポートである。今回の福島県避難者のために有志で新たに発足した団体で、避難者の中には犬、猫などを連れてきた人もおり、その支援を行なおうというものである。

小千谷市に交渉して、総合体育館車庫をペット専用スペースとして、ペットを入れるゲージ、ペットフードなど様々な品物を提供、かいがいしく世話をしていた。一時帰宅の被災者に合わせ、車で同行して現地でペットを探す手伝いをして、見つかるとボランティアが自分達の車に乗せて小千谷に戻るということまで行なった。「活動資金が足りないので、紙面で協力を呼びかけて」と頼まれたので、極めて短い記事ではあったが掲載したところ、現金だけでなくペットフードなどがかなり寄せられ、中には県外の読者から温かい励ましのメッセージを添えての募金も届いたという。

東山杵搗き餅保存会は東山に民泊した人達に再会し、それ以外の人達にも自慢の餅を振舞おうと、総合体育館ロビーで五人揚きを披露した。

その他にも民泊を受け入れた家庭と避難者は交流が続き、小千谷市の行なった「最初の一週間を民泊」は、その後にも様々な良い結果をもたらした。もし、最初から総合体育館に入ってもらっていたら、このような交流は生まれなかっただろうし、避難者が元気を取り戻すのにもっと時間がかかっていたかも知れない。所詮この世は人と人の関係である。有意義な〝袖すり合うも多生の縁〟を持てるかどうかは、その人の人生を濃いものにするか薄いものにするかの分かれ目の一つだと思う。

そして小千谷市は絶妙のタイミングで、次の支援策として避難者一時帰宅と二次避難所移動を打ち出した。

四月三日、小千谷市はマイクロバス三台を出し、避難者の一時帰宅を実施した。自宅に戻れる人は貴重品や必要品を持って来たいだろうし、津波で家を失った人も自分の目で現実を直視することで次の一歩が踏み出せるのでは、と考えてのことだった。ここでも家を失った人・現存するが放射能で入ることが出来ない人・貴重品などを持ち出せる人――に大まかに分けるよう配慮した。ただし、小千谷市の幹部から「記事にしないで」と要請があった。小千谷市は行政間で受け入れた避難者が百八十八人（個人的に避難して来た人を入れると最大時二百四十六人）であったから、「各世帯一人」と条件をつければマイクロバ

 スで一時帰宅を実施出来るのであり、新潟市や長岡市など大勢の避難者を受け入れている自治体はその数ゆえ不可能、小千谷市のみが行なうことで他自治体に避難している人達を羨ませたりがっかりさせたのでは可哀想との配慮である。大勢を受け入れている自治体にも悪いと気を遣った。これを聞いて、筆者はそこまで考慮出来る小千谷市の幹部に感心した。しかし、避難者同士は携帯電話で盛んに連絡・情報交換しており、また、福島県に日刊紙の記者が常駐しているので、小千谷市から避難者が一時帰宅したという記事は県内紙などに載った。よって、小紙も行って来た、という過去形の記事を簡単に掲載した。

前述したアニマルサポートはこの一時帰宅に同行したのである。四月三日、南相馬市で避難者のペットを救出していたところ、黒い犬がメンバーのあとをついて来て離れようとしない。飼い主不明の犬を連れ出すことに少々の抵抗もあったが、ペットの保護が各被災地で行なわれていたし、なによりもついて来た犬のことを第一に考えて連れ帰った。黒い犬だったので「クロ」と命名、総合体育館車庫の避難者ペット収容ゾーンで可愛がられた。総合体育館が四月二十日に閉鎖されると、それ以降はメンバー宅で愛犬と同居していた。飼い主もさぞ心配しているだろうと考え、南相馬市の保健所に照会、二十に及ぶインターネットサイトにも掲載していたところ、無事飼い主が見つかり六月二十三日、主人が小千谷まで迎えに来て引き渡された。

久々に主人に会い喜びのクロちゃん

　偶然にも犬の〝本名〟も「クロ」だった。この人は発災直後、家族三人で仙台にいる次男宅に避難。その際に綱を放して、数回仙台から自宅に戻りクロの健在を確認、クロは行動範囲を広げ各避難所で餌にありついていたという。五月上旬に自宅に戻ったが、一向にクロが帰って来ないのでインターネットで探したら六月十九日に見つけることが出来、無事ご対面となった。飼い主のMさんは「奇跡だと思った」と喜んでいた。このことは我が社の若い記者が取材したので、筆者は現場に立ち会っていないが、クロはしっぽを振って喜びを表していたものの、喜び勇んで飼い主に飛びついていくほどの感動的な場面ではなかったという。小千谷でアニマルサポートメンバーに十分可愛がられていたからではなかろうか、と筆者は勝手に推測している。

後日談であるが、新潟県や県獣医師会などが、実行委員会を組織して2011動物フレアイフェスティバルｉｎおぢやを九月二十三日に当市で開き、その席上、アニマルサポートがこの度の活躍を評価され、表彰された。

話が前後して甚だ恐縮であるが、小千谷市は一時帰宅したその翌々日の四月五日から民間会社の寮を借り受けて二次避難所とした。総合体育館ではプライバシーの問題もあり、避難者も精神的にそろそろ疲れてきていると判断しての施策である。空アパートもあったが、一ヶ所に固まっておらず、避難者のコミュニティを保てなくなってしまい、孤独になることを避けたいとの配慮からだ。社員寮であればプライバシーはある程度保つことが可能であるし、食堂や広間を完備しており、コミュニティも形成できる。二つの民間会社の寮に厨房が備えてあったので、小千谷市は民間給食会社に委託して温かい食事を提供できた。また、福島県や南相馬市の情報も届けられたので、避難者は助かったと思う。勿論、アパートを要望した避難者にはそちらを斡旋した。

小千谷市の呼びかけに、三洋半導体製造と越後製菓がたまたま社員寮が空いていて快く協力してくれたから実施出来たのであるが、平成十六年に中越大震災を体験したからこそ、小千谷市の対応は「心」を注入出来たのだと思っている。

（平成二十三年九月記）

松島遊覧船初の団体客

平成十六年の中越大震災と平成二十三年の東日本大震災とでは、被害規模・深刻の程度があまりにも違いすぎて同一に語られないことは重々承知しているが、我々の体験から言わせてもらえば、苦しくとも一刻も早く立ち上がり、自分の足で歩き始めることが肝要、と主張したい。

歯を食いしばり立ち上がった時にこそ、心温まる支援が必要なのであり、それは心を震わすほど感動するし、勇気を与えてくれるものである。歩き始めてからの支援も有難い。それは経済活動を促してくれる応援であり、被災地の復旧復興に役立つことを全国の人に訴えたい。

小千谷市は中越大震災で人口が急激に減少、現在三万九千人少々である。平成の大合併では新潟県が示した方針に沿って、隣町と合併しようとしたが、相手方に断られ結果的に自主自立の道を歩んでいる。当面は合併しないで進める健全財政を保っている。少々本論を離れることを許されたい。筆者は出来るなら合併しないで自主自立を貫く方が住民のためになると考えている。そもそも平成の大合併は、地方から要望して始まったのではないことに留意したい。国政の舵取りを失敗して、大量の借金を作ってしまい、地方に配るお金を減らしたいがために打ち出した施策だ。それが先ず大前提であるが、それは後《うしろ》に隠しもっともらしい理由をつけて推進しようとしたに過ぎないのである。御用学者がそれを煽《あお》り、庶民の中にはそれにかぶれてしまった人も随分居るようだ。

合併すれば首長が一人で済み、議員、職員なども削減でき、その他様々な面で合理化できる。このようなスケールメリットは確かにあるが、当然のように中心地に一極集中が図られる。しかし、遠隔地はどうなるか。大きな器になればなるほどに、遠隔地の声は届き難くなり、政治・行政の目は行き届かなくなる。毛細血管により細胞の隅々まで栄養が届かなくなってしまうであろう。小千谷市より小さな自治体が「小千谷市と合併したい」と希望するなら、それに応じるべきであるが、大きな方から小さな方に積極的に合併を持ちかけるべきではない。逆に小千谷市から大きな市に合併を持ちかける時は、当初予算を編成出来ぬほど財政的に市としての体裁をなさなくなった時のみ、と考えている。この考えに沿って合併問題を社説で捉えてきたつもりだ。果たして、平成の大合併の号令に乗っかり、大きな自治体に吸収合併された自治体住民から届く声は、筆者が以前から主張していたとおりの事態を招いているようである。

小千谷市が小さいながらも合併しないですんでいるのは、行政が健全財政を維持しようとする努力もあるが、それ以上に基幹産業がしっかりしているからであると確信している。小千谷市の基幹産業は精密機械製造業である。小千谷鉄工電子協同組合（六十八社加盟）の平成二十二年度の工業出荷額は約五百五十億円。お陰で小千谷市の昼間人口は夜間人口を上回っている。隣に新潟県第二位の人口を持つ長岡市がある状況を考えたら、かなりの健闘と言えよう。

ようやく本論に入る。小千谷市内の一つの優良精密機械会社の下請け会社事業主で作るユキワ精工協力会（三十七社）は、毎年五月頃に一泊二日の親睦旅行を実施している。「今年は被災地支援のために東北へ」と発災直後から決めていた。中越大震災から二ヶ月少々経った時点で、経済活性化の支援が嬉しかったから、その体験に基づく支援策と思うが、今回の東日本大震災は少々事情が違っていた。遅々として復旧作業が進まず、一向に先が見えず混乱している被災地を観光バスで訪ねたら、被災者の神経を逆撫でするのでは、との懸念もあり、当初は山形県コースが組まれていた。

幹事の小野塚昇さん（一六二ページの小雪ちゃんの祖父、筆者と同い歳）は、震災直後、混乱期に素人が勝手に駆けつけたら混乱に拍車をかけるので自重せよ、とのアドバイスもあったが、止むに止まれぬ気持ちで救援物資を持って現地を訪れていた。よって、津波被害にあった地は言葉を失うほどの悲惨な状態で、逆に津波に襲われなかった内陸部は平成十六年の我々の被害よりたいした事無いと知っていた。だから出来れば被害甚大な海岸に近い場所の支援に繋がるような旅行をしたい、と諦めずに情報収集に努めた。すると、旅行直前に「松島遊覧船再開」「塩竈の鮮魚市場オープン」の情報をキャッチ、迷うことなく宮城県中心の旅行に変更した。

一行二十人は五月二十日早朝、小千谷市を観光バスで出発、宮城県鳴子温泉に宿泊、二十一日に松島と塩竈に向かった。参加者全員が松島も塩竈も訪れたことがあったが、そんなことは一向に構わなかった。真の目的が観光では無く被災地支援だったからだ。その姿勢は徹底されていた。小千谷市には二つの酒造会社があり、両社共各種品評会で入賞の常連であるから、バスに大量の小千谷の酒と冷やしたビールも大量に積んでいた。松島で遊覧船に乗る時もアルコールを手にしてバスを降りた。ところが船内で販売していると知るや、アルコールを置きに戻った。遊覧船は一行の他に客がおらず貸切状態。気の毒と思った一人は、カモメの餌・ビールのツマミとして船内の売店で売っていたスナック菓子を大量に買って仲間に配って回った。

丸文松島汽船の遊覧船に乗ったのであるが、船内で「三月十一日、『大津波襲来!』の報に社員が一人で船に乗り込み、浮き桟橋に繋いだままの状態で、津波に向かってエンジン全開、引き波の時は引き波に向かってエンジン全開、命がけで船を守った」という秘話を聞き感動した。下船すると「あなた達は被災後初の団体客、写真を撮らせて」とパチリ（写真）。次に訪れた鮮魚市場、昼食の寿司屋でも「観光バス第一号」と感謝され、歓待された。

小野塚さんは幹事としてとても嬉しかったのであろう。旅の途中で筆者に電話をくれた。ちょうど仕事の一環（後日小社主催で上映、その評を書くため）として、長岡市の映画館で『岳』を見ている最中、マナーモードの電話が震動した。その時は電源を切り、終わってから映画を観て流した涙を誤魔化すのに利用しながら小野塚さんに電話を入れた。小野塚さんは感動で興奮しながら「関修一会長は〝財布を空にして帰ろう〟と皆に呼びかけている」ことも添えて、ことのあらかたを説明してくれた。

事実、ほとんどの人が海産物などの土産を大量に購入、バスの運転手とガイドもいっぱい買って、バスの床下のトランクは満杯状態になった。

帰ってきた翌日の五月二十二日に小野塚さんを訪ねて詳しく取材、「こんなに喜んでもらえるとは予想以上。参加者は沢山土産を買った。被災地支援旅行を行なって大正解。一日も早い復興を祈っている」とのコメントを添えて記事、社説でもこれを取り上げた。記事に添える写真を借りようとしたが、適当な画像がないとのこと。「遊覧船をバックにした集

下船後のスナップ写真　丸文松島汽船提供

合写真を撮らなかったのか」と聞くと、「下船後、遊覧会社の人が撮っただけ」。しかたないので写真なしで掲載しようと考えていたら、小野塚さんから翌日、「遊覧船会社がブログでオレ達の写真を使っていた！」と連絡をくれた。

教えられたブログを見ると小千谷の一行の集合写真が掲載されていた。

借りられないか、と頼んでみようと電話を入れた。事務員に用件を伝えると、その写真を撮った担当者の矢部善之さんに代わった。こちらが名乗る前にいきなり「先日はありがとうございました！」と大きな声。自分は当事者でなく、新聞記者、と告げると「我々にとっては一緒」との言葉が返ってきて、写真の件は一も二も無く快く貸してくれた。よほど嬉しかったのであろう。受話器からそれが窺《うかが》われた。掲載した新聞を送ると、再びホームページで「船内でアルコールを売っていることを知るや、バスに戻り置いて来て、改めて船内で買ったことを新聞で初めて知った」と小紙と共に掲載していた。

小千谷の一人として誇らしく思えた。

この稿を起こすに当たり、再びこの写真提供の矢部さんに了解を得るために電話を入れると「そんなことで電話してくれたんですか。断らなくていいですよ」とまたまた感謝の言葉。色々状況を尋ねると「少しずつお客さんは来てくれるようになってきたが、例年と較べるとまだまだ」と語ってくれた。道のりは遠く大変であろうが、この人のように感謝の言葉が自然な形で口にできれば、必ずや復興出来るのでは、と確信する。我々の経験では感謝の言葉は人と人の心を繋ぎ新たな展開を生み出してくれると思うからだ。

ここまで感動的ではないが、小千谷青年会議所は五月二十八日、大々的な東北物産展を開催したし、小千谷市の物産販売を行なう小千谷サンプラザは南相馬市物産コーナーを設けている。筆者も会員となっている小千谷市歩く会は、平成二十四年五月の一泊ウォークを南相馬市訪問を予定している。今回の津波被害を受けた被災地の打撃は甚大である。被災地へ旅行、現地まで行けなくとも被災地の物産を購入することで、支援しようではないか。

（平成二十三年十月記）

「鶴瓶の――」で取り上げられる

平成二十三年六月二十日、二十七日の二週にわたってNHK総合テレビで放映された「鶴瓶の家族に乾杯」を見ていただいたであろうか。

四月十四日、小千谷市に笑福亭鶴瓶と俳優の石田純一が訪れた。後日、小千谷市職員から聞いたのであるが、平成十六年の中越大震災の被害を受けながら、七年を経ずして（その時点では）ほぼ復興した小千谷市。その小千谷市が大勢の福島県の避難者を受け入れている。その様子を紹介することで、太平洋戦争以来、受けたことがなかった甚大な被害状況の東北地方の人達を励まし勇気を与えたい、が小千谷市を選んだ理由だとのこと。

NHK関係者には申し訳ないが、筆者はそれ以前、「鶴瓶の――」をじっくり見たことがなかった。八十歳を超える母の好きな番組で、時々チラリと見る程度であった。だから、本当にぶっつけ本番で訪ねてきて、その地の人と触れ合いを持つということを今回初めて知った。それ故に鶴瓶が「福島の人達が避難所としているのはどこ?」の質問に、あるご婦人が「山本山市民の家」と誤った情報を教え、それに従い市民の家を訪ねたのである。

番組のタイトルが「――家族に乾杯」とあるが、NHKの意図が「東北の被災者を励ましたい」だったから、避難者と小千谷市民の触れ合いが主となり、家族が取り上げられたのは少しだった。

一回目の放映では、避難所の総合体育館で南相馬市の人達が「小千谷市の人に親切にしていただいて有難い」と口にし、それに対して男性職員の久保田千昭さん（五十代前半、筆者より三歳下で友人）がもらい泣きしながら「そんなことは言わないで。我々も中越大震災時は大勢の人から支援をいただいた。皆さんもきっと立ち直ることが出来る」の内容を語った場面は圧巻だった。筆者もテレビを見ながら涙が溢れてきてどうしようもなかった。「よくぞ言った！」と心の中で拍手を贈った。恐らく市民を代表する言葉ではなかったかと思う。

朝の来ない夜はない。止まぬ雨はない。前向きにコツコツ取り組んでいればきっと道は拓けるはずだ。日本中で応援しよう。前項で触れたが、言葉の応援よりも被災地を旅するなり、被災地の商品を購入することである。風評被害に踊らされ過剰反応しないように、と声を大にして訴えたい。避難した児童へのいじめ、修学旅行を取り止めたり、被災地からの薪をボイコットしたり、福島県で製造された花火の打ち揚げ中止、福島県の物産展を中止するなどの心のないことをするべきでない。科学的根拠のないこのような声があったら、敢然と打ち消す勇気が必要だ。八月下旬におぢやまつりが開催され、南相馬市のNPOが南相馬市物産を販売した。安全のお墨付きがあったから、大量の桃やトマトなどがアッと言う間に完売した。筆者も桃とトマトを購入、とても美味しかった。

閑話休題。テレビ映像には無かったが、久保田さんが「実はこれから若栃という集落で、南相馬市の人達が作った郷土料理を食べる会に誘われている」と話すと、石田純一とNHKスタッフが同行することになった（この場面からテレビで流れた）。

前述したが、わかとち未来会議は民泊で一週間受け入れた人達を元気付けるために、総合体育館、次いで二次避難所の三洋半導体製造社員寮に移った後も交流を続けた。その一つとして、避難生活で何もしなかったら体がなまってしまう、働くことによって新たな元気も出てくるはず、との考えからビニールハウスの苗床作りなどの作業を手伝ってもらった。普段は自分達だけで十分な仕事量であるから、仕事にみあった報酬は払えないが、ほんの気持ち程度の謝礼を差し上げた。すると、南相馬市の人達は「このお金で南相馬市の郷土料理を作って、お世話になった人達に振舞おう」と発案、若栃の農家民宿おっこの木で「ほっき飯を食べる会」が四月十七日に予定されていたのである。総合体育館でもらい泣きしながら市民の思いを代弁した久保田さんは、三月まで農林課におり「農家民泊」の係だった関係で、わかとち未来会議や若栃に民泊した南相馬市の人達と関わりを持っていたので、「ほっき飯を食べる会」にも誘われていたのである。

六月二十日と二十七日の番組を見て、心がほんのり温かくなった。番組の冒頭で錦鯉・小千谷そば・小千谷縮・清酒などの紹介もしていただいた。小千谷市長を初め市民誰もこんな幸運を期待して行動したのではなかったのだが、ＮＨＫに感謝すると同時に『情けは人の為ならず』をしみじみ感じた。

福島県の方針により平成二十三年八月三十一日を以って避難所は解消、被災者は仮設住宅に移ることになった。十数世帯約四十人が小千谷市のアパートなどに移り生活しているが、ほとんどの人が福島県に帰った。平成二十三年九月三日の朝日新聞の読者投稿覧に小千谷市から南相馬市に戻った女性が、小千谷市の対応を誉める内容の一文を投稿してくれた。自分のことのように鼻が高くなったと感じている。杉並区を通して南相馬市と縁が持てて、これからも南相馬市を支援して行きたい。東北の被災地と友好都市となっている自治体は皆そのように考えているであろう。我々も平成十六年の中越大地震を経験して「日本人で良かった」と思ったが、東北の被災地の人達にも同じように思える支援をしようではないか。

（平成二十三年十月八日）

福島県の小学生の卒業作品に魂入れて協力

福島県郡山市立薫小学校の平成二十三年度六年生とその保護者は、同校毎年恒例の卒業記念制作作品に取り組むことになった。地震による被害はさほどでもなかったが、高台となっている地形の関係か、校庭の放射線量が高い数値を示し、マスコミで大きく報道された学校だけに転校した児童もかなりおり、例年以上に児童も保護者も学校・地域に強い思いを込めた作品作りが始まった。

とかく後ろ向きな思考になりがちな状況の中で、保護者達は「郷土を愛する心は変わらない。必ずや復興を成し遂げる」という前向きな児童のメッセージを後世に伝える作品を目指すことになった。

福島県の市町村は五十九、福島県の地図を五十九のピースで構成するパズルを作り、「愛する福島、フォーエバー」の気持を表わすことにした。当初、発泡スチロールによる制作を考えたが、体育館壁面に展示して後々に残すには不適。郡山市でデザイン事務所を営む橋本勝久さん(43)・恵美子さん(44)夫妻が保護者の中心メンバーとなっていた。勝久さんは小千谷市で木工房を営む叔父の東光昭さん(61)に協力を要請することにした。東さんは二つ返事で引き受けた。

二人にはそれぞれの特別な思いがあった。勝久さんは今、自分達が遭遇している危機的状況下、児童が前向きな姿勢でいる〝この時〟を後世までずっと伝えたい。そのためにはそれなりの作品であらねばならない。叔父ならば中越大震災を経験しており、我々の思いを理解して協力してくれるに違いない、との確信である。東さんには中越大震災で全国から支援を受けた恩返しと共に、極めて個人的な思い入れがあった。

平成二十三年三月十五日の原発二回目の爆発がテレビや新聞で「放射能漏れ」を盛んに報道、勝久さん一家(勝久さんの両親・子供三人)は、自家用車にガソリンが少なかったことから、二台のタクシーで母の実家である小千谷市の東さん宅に逃れてきた。一家は三月二十五日まで滞在したが、東さんは大病の手術直後、自宅療養中でまだ傷が痛む状態で何もしてやれず、大きな心残りとなっていた。まだ無理は出来ないし、痛みはやわらいだものの続いていたが、仕事はほぼ通常通り行なえる状態になった七月に依頼が舞い込んできたので、「個人的つぐない」の気持も加わっての作業となった。

東さんは五十九市町村に猪苗代湖を加えて六十ピースとし、コレクションとして永年ス

左が東さん、右が橋本さん夫妻

トックしておいた材料を使うこととした。これらは都道府県をピースにした日本地図のパズルを作ろうと様々な木の材質をコツコツと貯めておいたもので、近々、取り掛かるつもりでいた。奇遇にも自分がやろうとしていたことと、薫小学校卒業記念制作がほぼ一致、東さんはこれを惜しみなく使った。六十ピース全て違う材質とし、しかも「しだれ桜で有名な三春町は桜」「二本松市は松」とこだわり、色の組み合わせにも配慮、魂を込めてコツコツと作業を進めた。各ピースに市町村名を刻む作業は看板業を営む小野塚朋子さん（55、一六二頁小雪ちゃんの話に登場している）が担当。レーザーを用いてこれまた東さんから話を聞いて心を込めて作業した。

作品が完成間際となると、ピースを埋め込む台板（四枚）部分を薫小学校に送り、四クラス児童百四人全員の「思い」を記すよう促した。そこには「がんばれ福島」「ずっと友だち」など全員のメッセージが書き込まれた。これらのメッセージは通常は各ピースによって隠れ見えないが、子供達は将来、大人になって集い、この手書きのメッセージを前にして「地震・原発事故に挫けなかった」と感慨に浸る日がきっと来るに違いない。台板にはクラス毎に「I　LOVE　ふくしま」などと児童が木文字を考えて貼り付けた。

十一月八日、橋本さん夫婦が小千谷市まで作品を受け取りに来た。作品を見た瞬間、二人は「素晴らしい！　魂がこもっている」と絶讃。その場に筆者も居合わせたが、「流石《さすが》職人芸」と言える出来映えだった。東さんもこの制作にかけた思いが一気にこみ上げて涙ぐんでいた。

十一月十二日、薫小学校で記念イベントが開催され、大いに盛り上がったと言う。十二月に入ってから、東さんの下に児童全員から一人一人「ありがとう」を綴りながら「これからも福島を大切にしてゆきたい」「福島が大好き。その思いは変わらない」などと続けた礼状が届いた。校長、六学年担任教諭も全員が丁寧な手紙をくれた。十一月十三日の記念イベントの写真・DVDと一緒に一冊のファイルにきちんと収められていた。東さんは「一度にこんなに大勢から感謝の言葉を頂いたのは初めて。職人冥利に尽きるし、児童の思いを読んでいたら涙が溢れ、生涯の宝物になった」。

（平成二十四年一月記）

さつま芋ばあちゃんと呼ばれるのが夢

東京から農業がやりたくて小千谷市に嫁ぎ付加価値の高い農産物加工を商品化、農業を通して小千谷を元気にしたい、と活躍する女性がいる。

新谷梨恵子さん（33）は東京都江戸川区出身。両親が共に首都圏に生まれ育ち、新谷さんには田舎《いなか》がなかった。小学生時、友達が夏休みなどに「田舎に行って来る」と出かけるのを見ると心底羨《うらや》ましかった。それが原点となって、田舎暮らしに憧《あこが》れるようになり、高校生の時の夢は「農家のお嫁さんになる」にまで発展する。

進学は迷わず東京農業大学へ。食糧不足問題を専門に学び、イモ類の研究に没頭、その過程で「農業は世界を救う」を確信する。研究室の一年先輩と知り合い、小千谷市の実家に案内されると、家の周囲は畑、すぐ近くには田圃も広がり、夢が実現する！　と心から喜んだ。

平成十二年に結婚して嫁いで来て驚いた。夫が卒業してすぐに就職したことは知ってい

コンバインを運転する新谷さん

たが、両親も揃ってサラリーマンで農家ではなかったのだ。友人・知人にこの時のことを話すと決まって「嘘でしょう?」と返ってくるが、正真正銘の本当の話、と今では笑い話となっている。ここからの行動力がすごい。当時、地元産大豆を使い「手作り豆腐」を中心に、農業で地域活性化をスタートしたばかりの「キラリ真人」というグループの活動に加わる。新谷さんの自宅とは小学校区が異なり、数km離れていた。「東京から来たばかりの、しかも少し離れた地域に住む私を仲間に入れてくれた人達に心から感謝」と小千谷人の温かさを語る。地域イベントで長男をおぶって農産物・同加工品を販売していると、買い物に来た人が「私が見ていてあげる」と申し出てくれ、素直にその厚意に甘えたこともしばしばで、地域の人との絆が深まり、小千谷人の温かさを更に実感した。

農業大好き、そしてイモにとりわけ肩入れしている若い女性を県の農業普及員がほっておくわけがなく、有限会社を設立して幅広く農業を営む南雲信幸さん（55）に繋《つな》ぐ。南雲さんも冬季間の仕事確保を模索している最中だったので、会社を営む上で絶好のパートナーだった。

さつま芋を原料とするプリンを提唱し試作。近年の子供達は卵アレルギーが実に多いことから卵は用いず、勿論、防腐剤や着色料などの添加物は一切使用しておらず、子供達に安心して食べてもらえることを第一にした。かねてから温めていた商品化であるが、母親の思いも込められている同社加工品第一号となった。

今でこそ年間六万個から七万個売れる人気商品になっているが、最初から順調に進んだわけではなかった。長男をおぶったまま保育園や幼稚園に飛び込みで販路確保に努め、市内を初め遠隔地で開催されるイベントの模擬店にも積極的に参加して徐々に販路が拡大。市内の公営温泉施設、土産物産販売所、複数の飲食店でも扱われるようになって行く。テレビを初めとするマスコミにもしばしば取り上げられて、その度に販路が広がり、リピーターも増加、好循環を繰り返していった。

小千谷で仕事を始めた当初、今ほど子育て中の母親に理解がある状況でなかったが、南雲社長は子育てしながらの勤務を認めた。そればかりではなく、新潟市で開催の農業女性対象講演会、農業大学校での研修会などに積極的に参加を促した。主催者も新谷さんのために保育ルームを開設するなど、全てが協力的でこれらのことにも感謝している。

さつまいもスイーツ、さつまいもまんじゅうなどを次々と商品化、いずれも順調な歩みを刻んでいるが、さつまいもプリンを含めてこれらを製造販売するのは、あくまでも農閑期の冬季間と決めている。主体は農業であるという信念は、二人の一致するところで、この姿勢は今後も変わらないだろうという。

農業を三K（汚い・危険・きつい）と言う人がいるが、新谷さんはそう思っていない。作業服のつなぎ・帽子・長靴などいくらでもおしゃれできるし、機械化が進み危険でもきつくもない。収穫時の喜びの大きさ・充実感は言葉で言い表せない感動である。これら農業の楽しさ・魅力をブログで発信した。ブログの更新は自宅で朝五時起きして行なっている。つらいと思うこともあるが、「こんなに楽しい農業のことを一人でも多くに知ってもらいたい」の心が勝り継続している。ブログ仲間が増え、「可愛い長靴、私も買ったよ」などの反響が届くようになり、それがまた口コミで広がり、やがて「畑を見てみたい」や「収穫体験がしたい」の意見も。

そこで考え付いたのが「収穫体験ツアー」。参加者にとって農作業はあくまでも〝いいとこ取り〃で良いと思っている。新谷さんは市外からわざわざ小千谷まで来てくれるのだから、小千谷が少しでも元気になることを願って毎回企画している。小千谷そばは既に名物として大勢に認知されているが、その味をより大勢の若い主婦を中心に知ってもらうことも重要と考え昼食会場に選んでいる。新谷さんが「美味い！」と思う惣菜を中食に提供、毎回必ず「これどこで売っているの?」と聞かれる。肉屋のモツ煮・イタリアンメンチ・シュウマイなどはツアー終了後、参加者が立ち寄り大量購入、売り切れになることもしばしばで、「ツアーのある時は予《あらかじ》め教えて」と、新谷さんにとっては嬉しい要請が届いている。牛の角突きやおぢやまつりなどの観光、名水（清水）などの名所案内を組み入れた企画も実施した。

ツアーを体験した人達がその感想をブログに書き込むことで、生きた言葉として発信力は更に高まり、仲間の輪はどんどん拡がる。平成二十三年十一月二十七日に実施したカリフラワーとネギの収穫体験ツアーには、始まって以来最高の百人が参加、その人達が皆大喜び、惣菜店も繁盛でホクホク顔、ツアーを開催して良かったと充実感が拡がった。

このように大勢が喜んだり、感謝の言葉が返ってきたりする時は自身も幸せを実感できる。そしてそれが出来る健康、環境、自分を支えてくれている人達に感謝の念で一杯になる。これらのことを考えるたびに改めて思うことであるが、自由に働かせてくれている家

さつま芋畑にて

族に何よりも感謝している、と。

最近、嬉しいことがあった。小学五年生の長男が授業参観日に「尊敬する人はお母さん。お母さんが働く姿が大好き」と発表してくれたのだ。乳飲み子だった頃は、おぶって連れ添っていたのでまだしも、それ以降はよその家より母子の触れ合いは少なかったかも知れない。一生懸命働いたことだけは誇れるが、それをこの子は見ていて、自分を評価してくれたと思うと無条件に嬉しかった。小学二年生の次男と共にスクスクと育ってくれること、夫の両親、祖母と七人家族が仲良く暮らして行けることを願い、自分は今までどおりの生き方を貫きたいと思っている。

平成二十三年、佐賀の「甘夏かあちゃん」に会う機会を得て、そのバイタリティ、考え方に感銘を受けること大であった。「甘夏かあちゃん」が全国区になりつつあるのを目の当たりにし、自分も将来、「さつま芋ばあちゃん」と言われることが夢となった。

（平成二十四年一月記）

あとがき

最近、涙腺がもろくなってきた。中越大震災以降、その傾向が強くなってきたような気がする。強い揺れで涙腺が崩壊したのでは、と思ったりするが、単に加齢のせいかも知れない。少年時代、テレビの青春ドラマ主題歌の中に「涙は心の汗」という言葉があったが、筆者もそう思っており、涙を流すことは良いこと、と半ば開き直っている。

ただし、人前で自分のことで流す涙はあまり品が良いとは言えまい。ましてや男（一部の人達からクレームがつくかも知れないが、そう思うのだからしょうがない）、さらには政治家がマスコミの前で流し、一般に届けられたら目も当てられない。そのような政治家は到底好きになれないし、公の利益になる人とは思えない。

感動した時に涙が溢れ出る。では、どんな時に感動するか、を自身の体験事例で検証してみると、自己を犠牲にして他人のため・公のために尽くした時、であることを発見する。まえがきで触れた堀澤先生の「利他愛こそ世を救う」であり、その行為こそ「一隅を照らす」そのものであろう。

普通の人間は自分のために何かをしてくれた人に、素直に「ありがとう」を言えるはずである。そしてその言葉は人と人・心と心を繋ぎ、次の新しい良い展開に発展して行くと確信する。中越大震災に遭遇した我々小千谷市民は、大勢の人達から様々のことを施された側であるが、自然な形で心から「ありがとう」を言えたと思うし、それを目の当たりとして筆者は記事にしてきた。我々は極めて狭い地域の被害で、全国からの支援を分散しないで受け取れたから確実に復興の歩みを進めてくることが出来た、という側面もあるが、素直に「ありがとう」を言うことが出来た市民性も、大いに影響したと思っている。

それらを中心に発信したいと取り掛かったのであるが、その途端、東日本大震災が起きた。小千谷市民の対応は合格点がもらえるのではなかろうか。中越大震災に較べられないほどの大きな被害であるが、つらくとも天からの試練と受け止め、前を向いて歩んでゆけば、必ずや光が見えてくるはずである。『人間万事塞翁が馬』『天は自ら助くる者を助く』、そしてその先には『災い転じて福と為す』があることを被災地と被災者に贈りたい。

最後に、平成十七年に上梓した地震体験記『挫けない！』（パロル舎）同様、またしても吉原芳郎さんのお陰でこの著を世に送り出せることに感謝して、筆を置く。

（平成二十四年一月二十一日脱稿）

藤田徳英　（ふじた・とくえい）

昭和31年小千谷市生まれ。小千谷小、小千谷中、小千谷高校を経て東海大学文学部広報学科を卒業して小千谷新聞社に入社、現在主筆。平成８年10月産経新聞「わたしの正論」入選。新潟放送（ＢＳＮ）ラジオの番組「ふるさと散歩」の原稿「被災地小千谷便り」を担当。平成17年８月『激震小千谷発　挫けない！――新潟県中越地震体験記』（パロル舎）上梓。

新潟県小千谷発

心ほっこりいい話

中越大震災から東日本大震災に心を繋ぐ

二〇一二年五月二十五日　初版第一刷発行

著　者　藤田徳英

発行所　風濤社

東京都文京区本郷二―三―三

ＴＥＬ　〇三(三八一三)三四二一

ＦＡＸ　〇三(三八一三)三四二二

印　刷

製　本　吉原印刷㈱